2
Author
寺王
Illustration
由夜
JN109417
ブラックな騎士団の奴隷がホワイトな冒険者ギルドに引き抜かれてSランクになりました
The Slave of the “Black Knights” is Recruited by the “White Adventurer's Guild” as a S Rank Adventurer

The Slave of the "Black Knights" is
Recruited by the "White Adventurer's Guild"
as a S Rank Adventurer

CONTENTS

2

「ほら、ジードも入ろっ」
「ちょ、ちょっと。

変な拍子にジードの目隠しが外れるとかあったら嫌よ――
ルイナ
ウェイラ帝国の女帝。実力主義者で世界中から有能な人材を集めている。クエナの異母姉にあたる。
スフィ
真・アステア教の大司祭を務める少女。アステア教の不穏な動きに危機感を抱き、真摯に布教を行う。
ジード
クゼーラ王国騎士団から引き抜かれたSランク冒険者。ある事情により仮面で正体を隠して活動することに。
ユイ
ウェイラ帝国第0軍の軍長。史上最年少のSランク冒険者であったが、女帝ルイナに引き抜かれた。

ブラックな騎士団の奴隷がホワイトな冒険者ギルドに引き抜かれてSランクになりました 2

寺王

イラスト／由夜

第三章

アステア教は灰色チック

The Slave of the "Black Knights" is
Recruited by the "White Adventurer's Guild"
as a S Rank Adventurer

2

第一話　真・アステア教

カリスマパーティー結成の話が終わり、ギルドマスター室から出て下に下りる。

隣には一緒に会話に参加していたシーラとクエナがいた。

「うむぅー」

シーラが頬を膨らませながら不満気な声を漏らす。

隣ではクエナも俺を恨めしそうに睨（にら）んでいる。

「パーティー掛け持ちできるなら早く言いなさいよ」

「悪い。リフが楽しそうに笑っていたから言うに言えなかった」

「あのバカギルマス……」

小突くイメージトレーニングでもしているのか、クエナが腕でシュッシュッと空を切っている。

そういえばクエナとリフは随分と仲が良さそうだがどういう関係なのだろう。単純に仕事上だけの関係には見えないが。

ふと、シーラが顔を覗（のぞ）きこんできた。

「それでジードはパーティー興味ないの？」

「ん、パーティーか。ギルドから直接組めって話じゃなければな。だからカリスマパーティーには入ったが、今まで通り一人でも不足はないし、組もうって考えはないかな」

「カリスマパーティーかぁ……」

顎に指を当ててシーラが思惟に入った。

結局のところ、シーラもクエナも実力面で言えばカリスマパーティーへの加入は問題ないというのがリフの見解だった。

だが、このカリスマパーティーにおいて実力は二の次だ。これまで得た名声が選定に大きく影響する。

ギルドでいえばランクはSが必要になるが、Sランクになれるのは一年に一人のみだという。今年は俺が既にランクSとなったので、次にSランクが生まれるのは来年以降だ。クエナかシーラが来年くらいにSランクとなれば加入は可能だが……。

そこまで時間に猶予がある案件とも思えない。

「ま、シーラはAランク昇格にまだ時間がかかるでしょうから入るとしたら私が先ね」

「来年にはAランクになるわよっ」

「そう？　少なくとも王都じゃ依頼はないから難しいわよ」

「むむぅーー……！」

怒りを煽っているように見えて、的確なアドバイスをしている。

王都にあった依頼の多くは俺が奪ってしまったからだ。

「王国の辺境だったら色々と依頼があるわよ。魔族との小競り合いも酷いらしいから」

「うーん……神聖共和国ってどうなのかしら。二回も魔物の大襲来があったから荒れていたりしないの？」

シーラが問う。

クエナは意外と情報通なため、シーラの信用があるようだ。

「ないない。いきなり襲われて被害を受けたってだけで神聖共和国には列強相応の軍事力があるわ。それに各地で傷ついた人々を訪問して回っていたソリア様たちの主力部隊も帰ってきているしね」

「さすが中立国……他国の干渉をはねのけられる力があるのね」

「まぁどこぞの怪物が貢献して最小の被害で済んだっていうのが大きいけど」

どこの怪物だろうか。

クエナの視線が俺に刺さっている。

「俺は魔物の群れの討伐を引き受けて、帝国とドラゴンを家に帰しただけなんだが」

「それが怪物だって言ってるのよ……。ともかく、さっきも言ったけど狙い目は弱っているクゼーラ王国の辺境ね。各地の傭兵団も集まっているみたいだし、王国も金に糸目をつけないそうよ」

「でも、王都を離れるってことは、しばらくジードとも会えないってことに……」

シーラが瞳に涙を溜める。その顔は捨てられそうな犬のよう。なにかしたわけでもないが心が痛い。

むしろギルドの依頼があるのなら俺も一緒に辺境へ向かってあげたいところだ。

そんなことを考えていると依頼の受付で揉めている集団がいた。

「ですから、その依頼は審査の結果お受けできないと……」

「な、なぜですか！　私たちは崇高な命を受けて……！」

先頭に立っているのは緑色の髪を持つ、十代前半ほどの少女だ。

他は年齢や性別も疎らだ。若い女性もいれば年老いた男性もいる。

「なんだ、あれ」

「あれは最近になって活発になってる『真・アステア教』を名乗る教団ね。なにか依頼でもしに来ているんじゃないかしら」

「真・アステア教？」

俺の呟きにクエナが反応した。

「ええ。神聖共和国が国教にしているアステア教は偽物で、自分たちは本物だって主張してる集団ね」

「へぇ。そんなやつらがどうしてまたギルドに」

「布教をギルドに手伝ってほしいってんじゃないの？　でもギルドは一つの勢力だけを優遇することはないし、それにアステア教って言ったらソリアの所属する教団よ。そことは尚更に問題を起こしたくないんでしょ」

クエナに言われて納得する。

ソリアはギルドのSランクだし、カリスマパーティー結成の件があるから配慮したいのか。

「……一応、釘を刺しておきましょうか？」

クエナがジトッと俺のほうを見る。

「どういうことだ？」

「分からないのね……。変なことに首を突っ込まないで、と言っているの。あなたを中心に変なことが起こっている気がするし……」

「そりゃ勘違いだ。俺がいなくても問題事くらい毎日起こってるさ」

「問題事の度合いが違うのよ」

クエナに突っ込まれる。

まぁ、ギルドに断られるくらい厄介ってことだ。俺も無暗に突っかかったりはしない。

真・アステア教を名乗る集団が外に出ていった。

「それじゃあ私は王国の辺境に行って依頼でも受けてくるわ！　すぐに辺境の依頼なんて

終わらせて帰ってくるからね、ジード！」

ビシッと俺を指さしてシーラが言う。

本当に来年Sランク試験を受けるためにポイントを貯めるつもりのようだ。それが彼女の意思なら俺から言うことはない。

とりあえず手を振って頑張るよう告げた。

「じゃあ私もシーラに付いていこうかしらね」

「ん、おまえもか？」

「ええ。それじゃあシーラじゃないけど、待っててね、ジード」

「おー」

クエナも頑張っている。

カリスマパーティーに入れば姉を見返せる可能性が高まるからだろう。

さて、俺はどうするかな。

◇

クエナとシーラが辺境に行った後も、俺は一人でギルドの巨大な掲示板を眺めていた。

前より依頼の数は増えたがピンと来るものがない。

また適当にDかCの依頼でも受けようか……。

(……うーん)

だが、王都にも冒険者が増えだした。

ここでまた俺が依頼を受けるのはマナーが悪いだろうか。

金なら余裕がある。少なくとも金銭関係で死ぬことはない。

しばらくクールタイムに入るか。またなにか指名依頼や緊急依頼が来るだろう。

もしも来なければクエナやシーラのように辺境へ赴くのもいい。もしくは他国のギルド支部もありだ。

久々に宿でグータラ生活でもしよう。

そんなことを考えながら宿に向かう道中、露店が多い道に入る。祭りほどの活気や店数ではないが、様々なものが売られている。

その中には俺の好物の串肉も売られていた。

「おっちゃん、三本ちょうだい」

「あいよ。銅貨三枚だけどジードのあんちゃんはいつもみんなを手伝ってくれてるから二枚にしとくよ。あんたにとっちゃ端金(はしたがね)かもしれんがな。がははは!」

愛想の良いおっちゃんがおまけしてくれた。作り置きされているがホカホカな串肉をもらう。

一本、口に頬張る。美味しい。

ふと途中でビラを配っている集団を見つけた。

ギルドで依頼を断られていた人々だった。

（熱心だな）

そう思いながら二本目の串肉を頬張る。

だが、関わりを持ってはいけないと言われている。ビラ配りとて変な勧誘をされてはたまったものじゃない。

少し道を外れて路地裏に行こう――と思った矢先。

「どけぇ！　邪魔なんだよクソが！」

「す、すみませんっ」

「ったく、これから仕事だってのにクソみたいなもん配りやがってよ！」

少女が往来を歩く男に突き飛ばされていた。

いくら邪魔とはいえ過剰な勧誘はしていなかったはずだ。

それに男一人が通るための道幅は十分にある。男のほうが難癖を付けているように思えた。

さすがに集団の面々が少女に当たりにいった男を囲んでいる。

多勢に無勢だ。

男はそんな状況も察せなかったようだ。

「な、なんだよ」

「貴様……よくもスフィ様を！」

「待ってください！」

一触即発ともいえる状況で倒れた少女が止めに入る。

男たちはそれに従った。

「すみませんでした。なるべくもっと邪魔にならないようにします」

怒っていいと思ったが、少女は男に頭を下げて謝っていた。

男は気まずそうに鼻を鳴らして去っていく。

「だ、大丈夫ですか、スフィ様」

すでに何人か介抱に当たっていたが、さらに人が集まってスフィと呼ばれた少女を囲う。

少女に大きな怪我(けが)はなさそうだ。

見たところ擦り傷くらいか。

「これくらい大丈夫です。それよりも布教をしましょう。このままだとマズいです。もっと……もっとはやく」

その顔はどこか――必死だった。

俺は串肉の三本目を食べた。

布教活動は宿の窓からでも見ることができた。

俺はそんな姿をぼんやりと眺めていた。

クエナが言うほど関わってはいけない組織なのだろうか。

一つの勢力だけを優遇することはない……とは言うが、布教を手伝うくらいならいいんじゃないか？　それならカリスマパーティーの聖女がソリアであることだって、布教に繋(つな)がるだろう。

……暇だから、そんなことを考えてしまう。

とはいえ当然、俺はSランクだから影響力もあるだろう。俺がバックについてる、なんてことになったら大問題になるかもしれない。

ギルドに迷惑は掛けられない。

俺が「俺」として彼女らに関わるのはマズい。

だが、彼女たちがこうまでしてアステア教を否定する理由はなんなのだろうか。

ウズウズする。聞いてみたい……。

……と。近くの露店でマスクが売っていることに気づいた。

ぴこんっと頭上にビックリマークが浮かんだ気がした。

◇

翌日。宗教集団はまだ熱心に勧誘を行っていた。

そこで昨日思い付いたアイディアで話だけでも聞いてみることにする。

目の部分がくりぬかれている、飾りっ気のない白いマスクを買う。

もっと斬新なものでもよかったが、このマスクが一番安かったのでこれにした。

マスクの紐(ひも)を耳の上に乗せて頭を一周させて結び、熱心に布教活動を行っている集団に割り入る。

「これどうぞ!」

信者の一人がニコニコの笑顔でビラを手渡してくる。

こんな怪しさ全開のマスク相手によくも話しかけられるものだ。

だがここは素直に受け取る。

ビラには真・アステア教と大きく書かれている。そして女神に祈る本当の方法やら正しい女神像の見分け方やらが書かれている。

「すまない、ちょっといいか?」

と、声をかける。

するとビラを手渡してきた信者が変わらない笑顔のままで首を傾(かし)げてきた。

「はい、なんでしょう？」

「アステアって女神を詳しく知らないんだが、こいつは本当に実在するのか？」

「ええ、実在します。歴代の勇者パーティーのお歴々が実際に拝謁したり、祈りを捧げることができますので」

「祈りを捧げる？　どういうことだ？」

「この場合の祈りを捧げるというのは魔力が持っていかれる、ということです。祈りが魔力に乗って女神アステア様に向かうのです」

「……なるほど」

魔力が吸われるというのは恐怖を覚えるな。ようは力を奪われるということだから。

だが女神って存在は幾度となく人族やら他種族やらを救ってきたのだろう。

その実績があるから不気味がられないのだ。

アステア教と真・アステア教……。

余計に興味が湧いてしまうのは、やはり俺が暇人だからかな。

「それで、あんたらが本当にアステアに祈りを捧げられている、という証拠はあるの？」

肝心なのはこの一点だ。

「……証拠はありません」

悔しそうに男が歯を食いしばった。

ないなら信じようがない。

そうなったら多数派のアステア教を支持するのが人の心理だろう。

「ですが、最近のアステア教の信者の粗雑な扱いや悪評は広まっています。かくいう私も元はアステア教の信者でした」

「ん、元信者だったのか」

それなら信憑性が全くないわけでもない。

宗教にはさして興味もなかったから俺自身は悪評を聞いたことはないが。

「どうです!?　あなたもぜひ、真・アステア教に！」

グッと信者が迫る。

勧誘精神が旺盛なことだ。

「悪いが今は興味が――」

「くそ異教徒があっ！　また俺の通り道を邪魔しやがって！」

聞き覚えのある男の声が響き渡る。

昨日よりも苛立っているようで今度は石を投げた。その石は小粒ながら布教に勤しんでいた少女の額に当たる。

「きゃっ」

「だ、大丈夫ですかっ、スフィ様！」

「てめぇ！　よくもスフィ様を！」

少女が小さな悲鳴をあげて地面に尻を突く。

また難癖を付けられているようだ。

さすがに今回はやりすぎだ。全員の頭に血が上っている。露店を開いている人や偶然通りがかった人々でさえも男に敵意ある視線を向けている。

男は今にもリンチされそうだ。

しかし、

「だ、大丈夫ですっ」

少女が慌てて制止する。

それに応じて誰もが動きを止めた。

（昨日とは状況が違う。どう考えても難癖なのにそれでも止めるのか）

今回も道のスペースはしっかり空いていて、勧誘も進路妨害というほどではないように思えた。明らかに男はクレーマーの類だ。

その少女の度量には感嘆さえ覚えた。

しかも、この場にいる誰一人として少女を無視していない。凜（りん）とした声質には生来のカリスマ性が宿っていた。

「すみません。邪魔なのは私たちが道を塞いでいるからじゃなくて、布教活動をしているからですよね」

「あ、ああ……」

バツが悪そうに男が頷く。

というのも、スフィと呼ばれている少女の額からは血が流れていた。

自分のやったことを冷静になって省みているのだろう。

「それなら、ごめんなさい。私たちはこれからも貴方の邪魔をしてしまいます。今のままだと世界は誤った方向に進んでしまうのです。そうならないよう私たちはこれからも活動を続けなければいけません」

と、少女は素直にそう言った。

きっぱりと謝り、そして意志を貫いた。

「……どうしてそこまで堂々としていられるんだよ。なぜアステア教っていう最大の宗教に盾突くんだ！」

「アステア教が間違っているからです」

「そんなわけあるか!?　おまえらに味方するのはおかしなやつらだけだろ！　現にビラを手に取っているやつだってそこの怪しい白い仮面つけている男だけじゃないか！」

……怪しい白い仮面？

周囲を見渡すが俺以外いない。

うん、これは俺だな。

いや、まぁ、そのなんだ。…………すまん。

「いいえ。今は決して多くありませんが、アステア教の現状に不信感を抱いた方々が真・アステア教に入信しています。それだけではありません、元から宗教に興味がなかった方にも少なからず話を聞いていただいています」

「だ、誰かがおまえらを見ているってのか⁉」

「声を上げ続けていればなにかしら反応していただけます。それが肯定であれ否定であれ。迷惑に思われても私たちは正しいと思うことをします。それが正しければ支持されるし、間違っていれば日の目を見ることはないでしょう」

「……くっ」

男が顔を伏せる。

悔しさから握る手に力が籠っているようだ。

「なにか、嫌なことでもあったのですか？」

少女が優しく尋ねた。

男は震えながら頷く。

「ああ。仕事でクソみたいな上司がいてな。毎日毎日ペコペコして愛想笑いをして……家族のためにしょうがないって思って過ごしてる。でもこんなことしてたらいつか自分が壊れそうで……。そしたらあんたらみたいに弱い立場のくせに堂々としてるやつらが現れて、無性に腹立っちまったんだよ」

男が自身の心情を吐露した。

そんな男を少女が「ええ、ええ」と相槌(あいづち)を打ち、受け入れていた。

なるほど。

少なくとも悪い感じはしない。少しだけ真・アステア教に興味が出てきてしまった。

◇

真・アステア教の真摯な活動を眺め始めて数日が経(た)った。

どうやらスフィという少女が真・アステア教の中心人物のようだ。

彼女たちは今日も王国を拠点にして熱心に布教活動を行っている。

未(いま)だに各国との諍(いさか)いが続く、この荒れた地では信者も集まりやすいのだろうか。

そんなことを考えていると冒険者カードがブーブーと震えだした。

確認してみると、どうやらリフが俺を呼んでいるようだった。

適当に支度を済ませてからギルドに向かう。

「急に呼び立ててすまんの」

ギルドマスター室に着くとリフが変わらぬ様子で椅子に座りながら俺を出迎えた。

ひとまず俺も席に着く。

「いつものことだろ。それでどうしたんだ？」

「うむ、緊急依頼じゃ。しかもAランク以上のな」

「お、久々だな。今度はどんなだ？」

「……Aランクの依頼にそんな緊張感のない態度で臨むやつは中々おらんぞ」

「いつものことだろ？」

「自分で言うか。いや、まぁたしかにそうじゃが……」

呆(あき)れも通り越している様子のリフとの普段通りの会話だ。

仮に立場が逆だったとしても、リフは俺と同じような態度をとっているだろう。

騎士団から引き抜かれた時は疲れていてそれどころではなかったが、彼女もまた底の見えない力を持っている。

この幼女は恐ろしい。

「依頼内容は王国と魔族領の境界線で起こっている紛争の助太刀じゃな。もちろん王国側の」

「ん、紛争？」

魔族と人族は争いのない時代が続いていると聞いていた。

あっても小競り合い程度だって話だ。だというのに紛争とはどういうことだろう。

「実は一部の魔族の動きが活発になっておる。どこまでの規模かは分からんが噂では七大魔貴族の一角さえも動いていると……」

「ほー。そうなのか」

「まぁあくまでも噂じゃがな」

魔族には詳しくない。

当然、その七大魔貴族とやらも知らない。

だが列強の王国と紛争になるほどの勢力ならバカにはできないのだろう。

「でも王国は結構な数の傭兵団を雇っているだろ？　それだけじゃ間に合わないのか？」

「それが著名な傭兵団すらも圧倒するほど魔族が力を付けているそうなのじゃ。昔とは比較にならない実力があるらしい」

「ほー、そんなことになってるのか」

平和な間にめちゃくちゃ鍛え上げたということだろうか。

それに王国側も各国と揉めて戦力を消耗しているからな。

どちらにせよマズい状況らしい。

「話が一段落したなら俺からも質問いいか？　真・アステア教の依頼ってどうして受け付けていないんだ？　いくら怪しいって言っても依頼は依頼だろうに」

と、問うとリフが複雑そうな顔をした。

やはりなにかあるのだろう。

「ほれ、前に話したカリスマパーティーの件があるじゃろう」

「あれな。俺とソリアが暫定でメンバーに決まってるやつ」

「うむ。そのソリアなんじゃが、幼いころからアステア教の信徒として活動しておるのだ。アステア教の後ろ盾と、アステア教で積んできた実績がある」

「……ああ、理解した」

クエナの予想通りだ。ソリアを勧誘しているから、なるべくアステア教とは仲良くしておきたい、ということだろう。

だから敵対的な真・アステア教には関われないのだ。

建前では特定の勢力への肩入れは禁止でも、忖度はあるわけだ。

それならば仕方がない。

後ろ手を組んで頭を任せながら天井を見る。

「でも真・アステア教の連中も悪いとは思えないんだよな」

とボヤく。

「言いたいことは分かっておる。アステア教の悪評はわらわの耳にまで届いておるでな」

「やっぱり悪評が立っているのか」

「それも最近になって隠す必要もないとばかりに。お布施を過剰なまでに求めたり、どこか女神アステアを愚弄するような発言さえも目立っておる」

「わお、まじか」

心底毛嫌いしていると言わんばかりにリフが顔を歪めている。

彼女もソリアの件がなければ、あまり仲良くしようとは思っていないらしい。

っていうか、そういうことなら真・アステア教の言っていることは本当なのかもしれない。

まぁ、だからと言って布教活動を手伝ったりはできないか。

俺もギルドという看板を背負っている。決して迷惑をかけるような真似はできない。

それに真・アステア教は手を貸さなくたって支持を集めていくだろう。

あのスフィという少女を見ていると、そう思える。

「まぁしかしの、もしもソリアに新たな後ろ盾や名声を高める別の実績ができれば別じゃがの」

リフが挑戦的な目を向けてくる。

なにやら俺に期待しているようだった。

それは俺に真・アステア教を手助けしろ、ということだろうか。

「……面倒だから俺は動かんぞ。暇で暇で仕方なくて、その時に多少の興味があったらやるよ」

俺の本質は怠惰だ。

ただブラック根性が染みついているだけで。

だから決して仕事ではない限り、そしてやることがなくて暇すぎるって場合じゃない限りは積極的に動くことはない。それこそ気分にもよるが。

スフィらに話を聞きに行ったのはイレギュラーというやつだ。

「そうか。お主じゃったらいつも通り、なにかやらかしてくれそうじゃがの」

「俺はなにもやらかしてないだろ。周囲が勝手に動きまくってる……だけで……」

「最後らへん声が小さくなっておったぞ。自信がないようじゃの」

「うるせい」

ニマニマとリフが楽しそうに見てくる。

そして手元に緊急依頼の紙を差し出した。

どうにも視線が合わせづらく目を逸らしながら俺はその紙を奪い取るように受け取った。

第二話　出会い

しばらく続いていた平和に終止符が打たれ、クゼーラ王国の境界線は変わりつつあった。

クゼーラ王国の内乱の隙に乗じた各国の侵略や魔族による追撃だ。

人族と魔族は停戦協定により、『全面戦争』になるような種族全体を巻き込む規模の争いを行わないと取り決められている。

仮に七大魔貴族の一勢力と一国という規模で争いが始まってしまったなら、全面戦争を避けるために他の七大魔貴族と人族の国々は二者の戦いに干渉すべきではないとされている。

だが、今度の争いでは魔族と同時に人族の国々もクゼーラ王国へ侵攻した。

質・量共に列強のなかでも屈指の軍事力を誇る帝国を筆頭に、小国すらも国境線を書き換えるために動いていた。

絶望的な状況の中、王国側の奮戦により領土の三割が侵食されたところで侵攻は止まったが、第二波はすぐに始まった。

そして戦況は王国側が押されている。敵は魔族だ。

「嘘(うそ)だろ！　紅(くれない)の獅子(しし)傭兵団がやられたのか！」

「援軍に来たっていう秩序と崩壊の傭兵団は!?」

「そこはとっくに手遅れだ！　ひとまず前線からラインを後退させろ！」

怒号と悲鳴が入り混じる。

彼らは焼け野原で戦っており、後ろには黒煙を幾つも上げて崩れかけている街があった。

名の知れた傭兵団を雇っていても連携がとれなければ烏合の衆。戦況が好転する様子はなかった。

しかも、今回はそれだけではない。

「どうなってんだ、バケモンばっかじゃねえか！」

と、一人が叫ぶ。

戦場は異様な雰囲気に包まれていた。

一つの傭兵団が総力を挙げてたった一人の魔族を相手取っているのだ。

種族的な優位は魔族にある。

魔族の魔力、身体能力は人族と比べて遥かに上なのである。

だが人族には数があった。数は知力にもなり暴力にもなる。

それでも一つの傭兵団が一人の魔族をようやっと相手にする状況はこれまでの魔族と人族の戦いではあり得ないものだった。

「あぁ……くそ。くそ……！　アステア様……！」

一人の兵士が死にかけていた。

彼は腹部に拳大の穴を開けて倒れこんでいる。そして女神アステアに祈りながら首にかけたペンダントを握り締める。

銀色のコインの形をしたペンダントは女神を模した人型にくり貫かれていた。それはアステア教が販売している、女神アステアに祈りを捧げるペンダントだった。

微弱ながらペンダントに兵士の魔力が吸われる。

これこそが女神アステアが存在しているとされる所以だった。

そして、戦場の兵士は「実力」となる魔力を削ってまでも信じる。――奇跡を何度も起こした女神アステアを。

だが。

「ふははは！　ご苦労さん！」

「ぐあぁっ！」

「無駄だなあ！　おまえらこのルイルデ様一人にも勝てねえじゃねえか！」

たった一人で傭兵団を蹂躙した魔族が、死にかけの兵士を甚振る。

ルイルデと名乗ったその魔族はどす黒い肌に尻尾を生やし、長い八重歯をギラリと煌めかせていた。

「祈っていろ！　訪れない平和を！　てめえらは滅ぼされる運命だ！」

魔族が高らかに笑う。

人の行いすべてを蔑んで笑う。

しかし、そこには確たる隙があった。

「このぉ！」

痛めつけられていた兵士が最後の力を振り絞って刀身が半分に折れた剣を振るう。

寸は足りていた。だというのに――。

「効かねえな？」

「なっ……！」

ルイルデがにやりと不敵に笑う。

兵士が驚愕に目を見開く。

（また……強くなってないか？）

それは抱くこと自体があり得ない疑念だった。

戦場とは常に消耗を強いるもの。逆は起こり得ない。

起こり得ないはずなのだ。……兵士はそんなことを思いながら首を刎ね飛ばされる――。

『援軍だ！　援軍が来たぞ！――神聖共和国の剣聖フィル様と聖女のソリア様が来たぞ！

神聖共和国の主力だ！』

その掛け声と共に魔族が大風に吹かれる木片のように吹き飛ばされる。

「ぐぅあ！　な、なんだ!?」

ルイルデの眼前に現れたのは茶色い髪を一本にまとめあげた若い女性だった。

切れ長の目が事もなげにルイルデを見ていた。

だが、彼女の意識はルイルデには全く向いていなかった。

「やれやれ。なぜ我々を襲撃した王国を助けようとするのか甚だ疑問ですよ」

【剣聖】――フィル・エイジ。

神聖共和国の主力戦力を担う部隊の最前線で戦う者。

その後ろには長く鮮やかなピンク色の髪を持つ美少女【光星の聖女】ソリア・エイデンがいた。

「人族が危機に瀕しているのです……！　かつての敵味方だからといって手を差し伸べない理由にはなりませんっ」

ソリアはそう言いながら周囲に傷つき倒れている兵士たちの治療を始めた。

フィルはその姿を見て微笑む。

「ふふ、あなたならそう言うと思いましたよ」

彼女たちが最近の神聖共和国の惨事に直接出向くことはできなかった。

とくにソリアと主力部隊は頻繁に神聖共和国の外に出向き、援軍として力を貸している。

よほど異常な事態が起きなければ、神聖共和国は和平を保っている国々に囲まれており

危機にさらされることはないからだ。

だが、もしも彼女たち二人がクゼーラ王国の策謀や竜の大群の襲来に直面していたら、自力で解決していただろう。それほどの力があった。

「てめぇら俺を無視していいのか!?」

魔力の乗った怒号が響く。

地を揺らし深淵の底から震わせているような声だ。

しかし、フィルは随分と余裕だ。

「雑魚の魔族がなんだって?」

「良い度胸してんじゃねえか……！」

フィルの煽りに魔族のルイルデが額に血管を浮かべる。

怒りに満ち溢れた魔力が周囲を揺らす。

だが。

「隙が多いな」

フィルの姿が消えた――。

ルイルデが動揺する。刹那、鍔と鞘が合わさったチャキンッという鉄の音がルイルデの背後から聞こえた。

音のほうを見ようと首を回すこともなく――ルイルデが地面に膝を着けると、胴体に鮮やかな横一文字が描かれ鮮血が勢いよく飛び出ていた。

「ぐ、くそ……！」

ルイルデが冷や汗を垂らしながら、背から純黒の翼を広げて飛び上がった。

「ん？　まだそんな力を残していたのか。……まぁいいや」

フィルが魔族を見逃す。

優先すべきは死にかけの魔族よりも、他の戦場で暴れる魔族たちを抑えるため動いている主力メンバーとの合流だった。

「行きましょう、フィル！」

ソリアも息のある者の治療をすべて終えていた。

これほどの広範囲をこの速度で癒せるのは人族の中でも彼女だけだろう。

しかし、それを鼻にかけず次の戦場に赴こうとする彼女は——まさしくフィルの目からして聖女だった。

「はいっ」

フィルの目にはソリアに対する憧れがあった。

だからこそフィルはあまり快く思っていなかった。

ここに向かってきている男のことを。

（カリスマパーティーなど……くだらない）

【剣聖】フィルは内心そう思っていた。

◇

クゼーラ王国の辺境の幾つかの区域で起こった紛争の負傷者は後方の一点に集められていた。

当然、治療が間に合うわけもなく負傷者は一秒ごとに増えている。

しかし、話を聞きつけた相互扶助の理念を持つ組織や個人が王国の危機を救わんと集まり始めていた。

『第四区域の負傷者が送られてくるぞ！　場所開けとけ！』

そんな掛け声が昼夜問わず響き渡る。

治癒魔法の才を持つ者は魔力が底を尽きるまで行使し、ないものは場所づくりや水運びや負傷者・死者を運んでいた。

そんな劣悪な環境でも誰も文句を言わずに手を動かしている。

ただ、受け入れているのは「環境」だけだ。

「てめぇこの邪教徒が！　ここからは俺らの区分だっつってんだろ！」

「んなのどうでもいいだろうが！」

「どうでもよくねえよ！　邪魔してんじゃねえよ、これだからクソみたいな信仰しているやつは……」

「あぁ⁉　てめえらのとこだってうんこからできた神に祈ってんじゃねえか！　くせえくせえ！」

「なんだとてめぇ！」

様々な宗教の人間も集まっている。

こういう言い争いだって生まれてしまう。

それは次第に過熱していき信者全員を巻き込んだものとなっていく。

もはや負傷者は置いてけぼりだ。ボランティアとしての質はあまり高くない。しかし、負傷者の数が多いため、衝突することがあっても人を呼ばなくてはいけないのだ。

そんな中で、

「争うのはやめてください。口よりも手を動かしてくださいませんか」

スフィだ。

新興宗教で、最大のアステア教に真っ向から対立しているだけあって煙たがられている。

やはり争っていた二人もスフィを見て侮蔑の眼(め)を向けていた。

「はっ、アステア教のおこぼれに与(あずか)ろうとしているとこが言ったたって聞く耳は持てねえな！」

「今はそんなことを言っている場合ではありません。負傷者の手当てが先でしょう」

スフィは言葉を返しながら自らが使える精一杯の治癒魔法を行使していた。

歯牙にもかけない態度に男が舌打ちをして睨（にら）みつける。

「はっ、自分とこの宗教がバカにされても気にしねえとはな！　さすが信者を金づるとしか見てねえんだな!?」

「そこまでにしてください。みっともないですよ」

通りすがった団体の一人が声をかける。

男は声の主のほうを怒鳴りつけようとして振り返り、目を見開いて息をのんだ。

そこにいたのはソリア・エイデンだった。

前線の負傷者を癒して後方に戻っていた。彼女の背後には数名の騎士が護衛についている。

「ソ、ソリア様……！」

一帯の人々の視線が釘付（くぎづ）けとなった。

負傷者のうめき声すらも消えて。

「広域回復（エクスヒール）」

ソリアのそんな呟（つぶや）きと共に魔力の波が生まれる。

波にあてられた人々の傷が癒えていく。些細（ささい）なかすり傷さえも。

「ここへ争いに来たわけではないでしょう。口よりも手を動かしてください」

「「は、はい！」」

ソリアの言葉に、男たちが叱られた子供のようにしゅんとして頷く。

「すみません。ありがとうございます」

スフィが礼をして頭を下げた。

それを見てソリアもニコリと微笑む。

「スフィさん……ですね？　真・アステア教の。お会いしたかったです。いつも戦地のボランティア活動では入れ違いばかりで。今度の大聖祈禱場所でお会いするかと思ったのですが、もっと早くお会いできるとはなにかの縁ですね。私はソリアと言います。お見知りおきを」

ソリア。

珍しくない名前だ。探せば一つの村に一人くらいいてもおかしくない。

だが、ソリアという名前だけで脳裏に浮かぶ人物はこの大陸で一人しかいない。

アステア教筆頭司祭、ギルドのSランク冒険者、【光星の聖女】――――。

多くの異名や伝説と共に歴史に名を刻むことが約束された少女だ。

女神アステアではなく、ソリア・エイデンを崇める者も少なくない。

歴代の勇者に並び立つ、『希望』とされている。

「初めまして、スフィです。真・アステア教で大司祭をやっています。実は私もソリア様とはお話をしたかったです」

ちょうど運ばれてきた負傷者の治癒が一段落していた。

二人には余裕があった。

「お話ですか？」

だからソリアもスフィに問い返す。

敵意はない。むしろ、ソリアからは好意を感じられた。敵対的な組織同士であるにも拘わらず。

ソリアは何度も耳にしていた。真・アステア教の活動を。

むしろ前線に赴くことが多いソリアだからこそスフィたちの真面目な活動を知り得ていた。

「はい。ソリア様は……女神アステア様を信仰なさっているんですよね？」

「そうですね。アステア教の信者ですので」

「失礼なことをお聞きします……。なにを思って信仰なさっているのですか？」

「なにを思って、ですか？」

質問の真意を測りかねて首を傾げる。

スフィが改めて言葉を噛み砕きながら聞いた。

「たとえばアステア様となにかご縁があった、教訓に納得できるものがあった、聖典に好きな一節があった……等でしょうか。信仰する理由のようなものをお尋ねしたかったのです」

もちろん、スフィも深い理由なく信仰している人々がいることは知っている。

だが、ソリアの活動は信仰という動機で成し遂げられる範疇（はんちゅう）を軽く飛び越えているほどのものだ。

そこまで力を注げる理由を知りたかったのだ。

「そ、そういうことでしたか。え、ええ、な、なるほ……ど」

明らかに動揺した様子でソリアが何度も頷く。

顔を朱色に染め上げて――まるで恋する乙女のような反応だ。

スフィが反応に困っているとソリアが一つだけ咳払（せきばら）いをして気を取り直す。

「わ、私は信仰している、というよりも『希望』を信じています」

「希望……？」

少し意外な返しに今度はスフィが首を傾げる。

「アステア様が起こす奇跡ということでしょうか？」

「ええ、それもあります」

「……？」

　ソリアの摑もうにも摑めない言葉の意図にスフィはさらに首を傾げた。

　それを見たソリアが謝意を込めて申し訳なさそうに苦笑いを浮かべる。

「すみません。私がまだ駆け出しの頃に『奇跡』がありまして。その時にちょうどアステア様を何気なしに信仰していたのが始まりです」

「そういうことでしたか」

　スフィは思う。

　宗教と偶然を結び付けた、という認識が正しいのだろう。

　だが、そこでアステアの名前を挙げずに『希望』と口にする辺りは思い込みが激しいパターンというわけではないようだ。

　しっかりと現実を見据えた上で信仰している。

「つかぬことをお聞きしますが、その奇跡というのは……？　それに希望って……」

「そ、そ、それは……！」

　またソリアの顔が羞恥心から赤く染まる。

　だが、ソリアが答えるよりも先に横やりが入った。

「はっはっは、なんだこれは？　真・アステア教の面々ではないですか。またせっせと戦地に来て洗脳活動ですか？　随分と懲りませんねえ」

　青い髪の、大仰な司祭の恰好に身を包んだ男が近寄ってきた。

「……ザイ・フォンデさん」

ザイ・フォンデ。アステア教の大司祭だ。

肩書に似合わず三十中ごろの容姿をしている。随分と若い。

そのアステア教の大司祭が横から割り込んできた。

スフィ、そしてソリアも控えめに嫌悪感を滲(にじ)ませながらフォンデを見た。

「なぜ、ここに？」

ソリアが尋ねる。

それは純粋な疑問だった。

前線に立つことが多いソリアがこの場にいることには誰も疑問を抱かない。そもそも主力級の戦力がソリアの下についているからだ。

それに、実際にそのおかげでアステア教の信者は増えている。

現場で精力的に活動するソリアを見て神聖共和国の中立維持のための戦力として志願する信者もいれば、信者同士の繋(つな)がりを生かして交易で貢献する者もいる。

さらにソリアの活動に恩義を感じて、神聖共和国に惜しみない援助をする国もあるほどだ。

ソリアが前線に立つことによってアステア教にも神聖共和国にも利益がある。

しかし、大司祭が自ら前線に赴くことは滅多にない。

「野暮用ですよ、ソリアさん」

にっこりと上辺だけの笑みを浮かべながら大司祭ザイは答える。

だが、ザイの護衛は二名だけ。

しかも騎士ではなく、大した装備も持たない兵士だ。

「たったそれだけの装備と人員で、こんなところに野暮用ですか？」

ソリアの後ろにいた【剣聖】フィル・エイジが尋ねる。

フィルの目からして兵士はロクに訓練されていなかった。護衛なんて以ての外だ。

「はは、心配はご無用。それよりも邪教の連中が我々を睨んでいますよ。こんなやつらとは関わらないほうがいい」

睨まれているのはアステア教の面々ではない。大司祭のザイだけだ。

実際に先ほどまでは雰囲気も緩かった。

「ええっと、スフィだったたか。アステア教のおこぼれに与るまではいいさ。寛大だからそこまでは許してやる。だが、あまり調子に乗らないほうがいい――」

にんまりと顔を歪めながらスフィに顔を近づける。

そして小さな声で口にする。

「――両親のようにはなりたくないだろう？」

「――……っ！」

先ほどまで軟らかく温和な態度だったスフィが一転して怒りと涙をない混ぜにした顔つきに変わった。

後ろで構えていた真・アステア教の信者がスフィの前に出て大司祭を睨む。

「貴様！」

「おぉっと、殴るか？」

「上等じゃねえか！」

「……待ってください！」

スフィが静止させた。

それは正しい判断だった。

「ははは。殴らないんですか。つまらないなぁ」

大司祭が追い込むように煽るが、今度のスフィはなんの反応も示さなかった。

しっかりと信者を止めていた。

「な、なぜですか。こんなやつ……！」

「傍から見れば一方的に殴っただけです」

「……！」

スフィに言われて信者の男がハッとなる。

ここで手を出したら負けなのだ。

「それにこんな暴力はなにも生み出しません。あなたの手が汚れるだけです」

スフィは暴力に反対しない。そもそもアステア教や真・アステア教は暴力を否定しない。

だが、暴力を行使する場面は常識的に見極めなければいけない。

「言ってくれるじゃないか。むしろ君たちのような薄汚れた邪教徒たちが俺に触れられるだけで名誉だと――」

『第二区域と第三区域の連中が運ばれてくるぞ！』

ザイの言葉を遮って連絡兵の声が響く。

それに応じて返事が飛ぶ。

『な……！　じゃあ第二区域と第三区域はどうなった!?』

その声音は不安に染められていた。

負傷者が運ばれるのは戦場が後退したか、一段落ついた時だ。

だが、第二区域と第三区域は前線も前線だ。

言わばこの紛争のメインの戦場になる。

そこでの戦いが一区切りつくことはありえない。だから必然的に後退したことになる。

しかし、そうなったら戦線は一気に崩壊して後方にも敵が押し寄せることに――。

『安心しろ！　第二区域と第三区域はギルドから派遣された冒険者が抑えたらしい！』

『は、はぁ!?　一気に二つの区域をか!?』

『ああ、ジードってやつらしい！』

その名前に聞き覚えのある人は少なくない。

現に剣聖フィルは嫌そうに眉を顰めた。

だが、もっとも反応したのは、

「ジ、ジ、ジ、ジードさん!?」

「きゅ、救世主様!?」

ソリアとスフィだった。

二人の胸中にはジードがここに来るかもしれないという期待と、どこか人見知りする感覚にも似た恥ずかしさが渦巻いていた。

しかし、

『ジードさんは来るのか？』

『いや、戦場が落ち着いたのを見て直帰したぞ！』

「「しょぼーん」」

ジードが帰ったという事実に二人はしょげた。

「……行くぞ」

そんな中であまり快く思えないといった表情を浮かべる大司祭ザイが、兵士を連れて場を離れていった。

◇

そこは廃れた教会だった。

昔は綺麗に並べられていたはずの会衆席はまばらに倒れていたり端っこに寄せられたりしていた。

最深には女神アステアの銅像が半壊のまま、月灯りで不気味に照らし出されていた。

その銅像の下にいる男は陰で顔が隠れており、その眼前で十数名が片膝と片手を地についていた。

「どういうことだ！」

男の怒号が響き渡る。

その怒りは――傅いている魔族の集団に宛てられたものだった。

プライド、実力共に高いはずの魔族たちが言われるがまま顔を俯けている。否定も反抗もできない証だ。

怒鳴りつけている男はそれほどに別格だった。

「剣聖や聖女が動くなら二つや三つの戦線は敗北してもいいと思っていたが……それが全部だと。前線をすべて押し返されたなんて話は受け入れられるはずがないだろう!? 我らの目的はこの地を不安と恐怖で埋め尽くすことだろうが！」

「……申し訳ありません」

そう謝ったのは戦場で二つの傭兵団を相手取って勝ち抜いた魔族ルイルデだった。剣聖から逃げ延びていた。

だが、あの自信満々な態度がしおらしくなっている。

「謝罪を求めているわけではないわゴミが！」

「グアッ!?」

男の蹴りがルイルデの腹部を直撃する。

ルイルデが吹き飛ばされる。教会の隅で土埃にまみれながら痛みに腹を押さえていた。

「何者だ、そのジードって男は！」

「し、調べてもクゼーラ王国騎士団で団員をしていたことしか……。しかも騎士団は崩壊しておりまして詳しくは……」

問われ、ルイルデが姿勢を正しながら息苦しそうに答える。

「そんな情報は明らかにダミーだ！　やつほどの存在が一国の騎士団に所属していたら、もっと名を馳せていたはずだ！」

「ですが、ギルドに入る以前は本当に名前も……」

「言い訳もいらん！」

男に一蹴されてルイルデが押し黙る。

本来なら魔族が人族に『個』で負けることがまずありえない。

それなのに第二区域と第三区域では魔族の集団さえも打ち破られている。

たった一人の、ジードというSランクの冒険者に。

「ちっ、その男はどこかの宗教に入っているか？」

「いえ……どことも関わってはいません」

「ならいい。今度の大聖祈禱場所には来ないな」

大聖祈禱場所。

神聖共和国にある女神アステアの巨像が立つ祈禱場だ。青空の下で広場のようになっていて五万人ほどが収容できる。

世が乱れた年などに開放され、筆頭司祭——今でいうソリア——が祈りの言葉を女神アステアに捧げ、参加者たちも祈りを捧げる。

今年は世が乱れた年のため開放されることになっている。

しかも例年よりも規模が大きい。

クゼーラ王国の半壊
神聖共和国を襲った二度の危機
ウェイラ帝国の帝位継承

これらを踏まえて神聖共和国内だけではなく世界中から人が集まると予想されている。参加自由のため人数の管理などはしていないが、予想では十万人を超すとされていた。

その人族の切なる祈りの場に、魔族がいるとしたら。

場違いも甚だしかった。

その時、月明りが銅像下の男を照らし、その姿があらわになった。

「大虐殺を行い、アステア教の象徴である聖女ソリアを殺し、女神アステアの巨像を破壊する。その計画に支障はないな」

アステア教大司祭――ザイ・フォンデ。

アステア教を担う人族の中心的人物であった。

「はい。問題ありません。七大魔貴族――ユセフ様」

ルイルデが改めて、しっかりと傅いた。

ユセフ。それがザイ・フォンデの本当の名前であり、魔族としての名前だった。

「魔王様が憎き勇者に倒されてしばらく。醜く下等な人族と停戦なぞしてしばらく。ようやくだ。ようやく苦汁をなめる日々に終わりを告げられる……！　この俺が魔王となるための第一歩を踏み出す時が来た」

ユセフが拳を握り締めて続ける。

「魔族領の奪い合いにかまけている愚かな魔貴族共もいずれこのユセフの高潔なる精神を理解し、魔王の後継と認めて跪くことになるだろう。我々魔族が為すべきは——人族への復讐である。さあ、侵略戦争の始まりだ！」

ユセフが手を大きく広げて高らかに宣言するように口にした。

着々と、その日のために計画は進んでいた。

第三話　絡み

国境線での依頼が終わったあと、俺はギルドに戻らず、拠点にしている宿で休憩を取っていた。

ベッドに横たわりながら、今回の依頼書を改めて見返す。

いつもどおりのペースで依頼をこなせたはずだ。

しかし、相手の魔族はどこかおかしかった。質の異なる複数の魔力の気配が体内から感じられたのだ。

それは少し特殊なこと。

魔力の質は千差万別で一つの個体につき一種類の魔力が俺の中では常識だった。

以前にも魔族とは戦ったことがあるから、魔族が特別な種族というわけではない。

特別な個体……というわけでもないだろう。

戦場にいた魔族のすべてが質の異なる複数の魔力を保持していたからだ。

なにかがおかしい。

その報告も纏（まと）めるつもりで一度宿に戻ったわけだが――。

ゴンゴン！　と荒々しく扉が叩（たた）かれた。

「いるんだろう、ジード！」

男口調だが、声は女性のものだ。馴染みはない。

俺の名前を呼んでいるから、人違いでなく用事があることに間違いはない。

ベッドに横たわっていた身体を起こして扉を開ける。

「はいよ、どちらさま？」

扉の向こうにいたのは茶色い髪のポニテの美人だった。

道を歩けば10人が10人振り返るレベルで顔が整っている。

気の強そうな瞳がこちらを見ていた。

「私はフィル・エイジだ」

「うん、どちらさま？」

名前だけで分かるよね、といった名乗り方だ。

けど俺は知らないから当然こういう返事になる。

それが癪に障ったようだ。元々かなり怒りを含んだ声色だったが、より感情を露わにして俺を睨みつけてきた。

「神聖共和国、【剣聖】のフィル・エイジだ。ソリア様と常に共にいる」

「へえ、ソリアと？　ソリアはどこにいるんだ？」

廊下を見渡すがソリアの影はない。

「ソリア様は大聖祈禱場所での祈禱の準備で忙しい。だが、この時期は私がいなくとも優秀な護衛が付くから問題ない」

「ああ、そうなの。ご説明ありがとう。そんじゃ剣聖のフィルが俺になんの用なの？」

「聞けばギルドでカリスマパーティーなるものを発足させようとしているようだな」

「詳しいな」

さすがはソリアと常に一緒にいると言い切るだけある。

いわゆる神聖共和国の精鋭部隊のやつなのだろう。話くらいは聞いていた。

それに違わぬ実力があるように見える。

「単刀直入に言う。辞退しろ」

半ば脅すように言ってきた。

フィルの腰にある白銀の剣までもが飢えた獣のごとくギラギラと俺を見ているようだ。

「こりゃまた偉い直球だな。どうしていきなり？」

「逆に聞こう。なぜカリスマパーティーに入ることを決めた？」

「ギルドマスターのリフから頼まれたからだ」

「どうして受けた？」

フィルがさらに問い詰めてくる。

まるで尋問のようだ。

「ギルドには恩がある。それにメリットもあるからな。断る理由がない」

「だろうな」

ふんっ、と小馬鹿にするようにフィルが鼻で笑ってきた。

なんだこいつ。

「おまえはつい最近になってギルドに入ったそうじゃないか。それもどうやって取り入ったか知らないがSランクという待遇で」

「おー。前にも聞いたことがあるセリフだな。……『どこぞの馬の骨とも分からんやつが！』って感じだろ？」

「分かっているなら話が早い。どうせソリア様の名声を借りて知名度を高めたいのだろう。私はそういう寄生虫のような輩(やから)を幾度も見てきた」

「大変だったんだな。俺は寄生虫じゃないけど」

フィルはソリアの護衛らしい。

当然そういった人らも見てきたのだろう。

「いいや、おまえは寄生虫だ」

「言い切るじゃないか。どうしてだ？」

「まず、第一に」

フィルが指を立てる。

どうやら根拠は幾つもあるようだ。

「自分が所属していた騎士団を崩壊させたそうじゃないか」

「……ああ」

どうやら俺のことを調べ上げているようだった。

「騎士団が裏で相当な悪事を行っていたことが判明しているらしいな。自らの汚れた経歴をうやむやにするために崩壊させたのだろう？」

「ちと、違うな。依頼を受けて依頼主を守っただけだ」

「どちらにせよ、騎士団は崩壊してしまった。そしてクゼーラ王国は列強と呼ぶには相応しくない国に落ちてしまったな」

「まぁ、もっとマシなやり方があったことは認める」

「結果的におまえは自分の住んでいた国と組織を恩知らずにも内側から壊した。そういうことだ」

だから寄生虫というわけだ。

まぁ話だけ聞くとそう考える人もいるだろうな、くらいには思う。

「第二に、我が神聖共和国の危機についてだ。今年に入ってから二度も危うい事態が起こっている。そのどちらにもおまえが関わっているそうだな」

「一つは騎士団がマジックアイテムで魔物の大氾濫を起こそうとした時と、もう一つは王竜の件か？　けどそれは巻き込まれただけだぞ」

「巻き込まれただけ？　それは言い訳だろう」

機嫌悪そうに、俺の言い分に対してギロリと真っ向から拒絶してくる。

「私がその場にいたのなら、少なくともおまえより上手く解決していた。もっと被害を抑えることができていた。王竜の捕縛は決してさせなかったし、魔物の大氾濫も未然に防いでいただろう」

「まぁでも俺は依頼を遂行しているだけだからな」

脅威から国を守るだけなら、フィルでも可能だったかもしれない。

それでも、フィルはその場にいなかったのだから、俺としては言いたいことが分かるだけであってフィルの言い分を認めるわけではない。

「そんな考えであの方の傍にいようと考えているのか？」

これまでよりも一段と鋭い眼光で俺のことを睨みつける。

声は荒らげていないが、明らかな敵意を感じ取った。

「あの方は人々に希望を与えている。彼女が存在するだけで人は生きる力を得られる。そのソリア様の隣におまえがいる？　ありえない。あってはならない」

「そんなこと言われてもな。これはギルドからの要請なんだ。断ろうとは思えない」

「いいや、断ってもらおう」

すらり

フィルが自然体のまま剣を抜いた。

随分と慣れている様子だ。

一瞬で首元に刀先を突き立てられた。

「力の差というものを教えてやる。貴様の隣にソリア様は似合わん。さぁ、好きな武器を取るがいい。それが始まりの合図だ」

どうやらフィルはここで俺とやりあうつもりらしい。

安宿の廊下で。彼女の力量ならなにも壊さず戦える自信があるのだろう。しかし……。

はぁ、と一つだけため息をついて俺は部屋のドアノブを掴んだ。

「文句があるならギルドにどうぞ」

そう言って俺は扉を閉めた。

閉める直前の「え?」というフィルの顔が少し愉快だった。

◇

ありえない。

フィルは心の底からそう思った。

どうせ取り入って成り上がったSランクだろう。

多少の実力があるのは認めるが、私よりは遥かに下だ。

しかし、その実力さえもどこか疑わしくなった。

ソリア様の傍らにいることがギルドから許されたほどなのだから多少はマシな男だと思っていた。

だからこそ剣先を向けたのは腕試しのつもりでもあった。

だが、ジードという男はやりあう気すら見せずに扉を閉めて部屋に籠った。

あんな男がソリア様の傍に？

ありえない。

フィルはまた心の底からそう思った。

（このまま扉を壊してやつを打ち負かすのは簡単だ。……けど、そんな無茶をしたらソリア様のお傍に居辛くなる）

宿はみんなが使う場所であり、旅人の疲れを癒す場所でもある。

ソリア様と同じく誰からも必要とされる場所だ。

だから扉を壊すわけにはいかない。

悔しさに奥歯を噛みしめる。

剣を鞘に戻して宿を後にした。

「腰抜けが」

フィルはそう言い残して安宿を去った。

それはフィルが帰還する道中のことだった。

神聖共和国と王国を繋(つな)ぐ舗装された森の道。

人通りは少ないが、フィルの前から二人組の女性が歩いてきた。

赤い髪の美女と金色の髪の美少女だ。

辺りは静かで、自然と二人の会話が耳に入ってくる。

「まったく。ジードが辺境の依頼を受けたせいで私たちの分がなくなったじゃないの。あれは歩く依頼吸引マシーンね」

赤髪の美女――クエナが立腹した様子で頬を膨らませている。

「さすがすぎるわっ」

金髪の美少女は怒りというよりも羨望を向けているようだった。

話題の流れがジードの愚痴をこぼしているようで、ついフィルも気分良く耳を傾けた。

だが、それは二人組と交差する瞬間――。

「でも、ジードのパーティーに入るためには依頼を受けてもらっちゃ困るわよ。依頼をたくさんこなして、私ならジードのペースに合わせることができるって売り込みをしないといけないわけだから」

赤髪の美女がそう言った。

フィルがピタリと不自然に立ち止まる。

当然、クエナやシーラもその気配を感じて振り返る。

「ジードのパーティーだと？」

ぼそり、とフィルが呟(つぶや)いた。

クエナが、自分たちの話を聞かれていたことに気づいて首を傾(かし)げた。

「なによ？　それがどうしたの？」

「それはカリスマパーティーのことで間違いないか？」

「まぁ、そうでもあるけど」

フィルの問いにクエナが答えた。

実際にクエナはジードとパーティーを組み、姉や周囲を見返すことが目的だ。

それがカリスマパーティーであれ、ジードがいるのであれば同じこと。

「ちょっとクエナ。この人なんかヤバイ雰囲気あるわよ」

シーラがクエナの肩を叩(たた)きながら小声で口にした。

だが、その声掛けは少し遅かった。

フィルが剣を抜いて構える。

シーラとクエナは卓越した剣術と経験で、フィルの敵意と動作に反応して反射的に剣を抜いた。

「やつのパーティー候補ということか。なら腕試しに付き合ってもらおうじゃないか」

「は？　なに言ってんの。候補っていうか断られているだけだけど」

「いや、私は候補だと思いたいわ。ジードと一緒のパーティーになって、やがては人生のパーティーに……！」

「シーラは黙ってなさ――ッ！」

クエナが、ボケとも本気ともつかないシーラの言葉に呆れ眼を向けていると、眼前から放たれた圧力を伴う魔力に言葉を飲み込んだ。

剣を握る手がピクリと反応した。

「私はフィル・エイジ」

「……剣聖……!?」

クエナはその名前に聞き覚えがあった。

人族では知らないほうが稀だろう。

当然、シーラも知っているからか、冷や汗を流す。

「ジードのパーティーに入ろうとする者がどれほどの腕前なのか、試させてもらおう。二人で来い」

「クエナ……！　分かっていると思うけど……」

「……分かっているわよ」

ごくり、と二人が固唾を呑む。

クエナが続けざまに口を開いた。

「間違いなく強……――」

「――この人……『ライバル』よ……！」

「なんの話!?」

「この人もジードのパーティーを狙っている人でしょ！　明らかに！」

「そうなの!?」

「……ちっ。そんなわけないだろう。あんな男！」

二人の会話に痺れを切らしたフィルが斬りかかる。

まずはクエナを狙う。重たい剣が圧し掛かる。

「くぅっ……！」

あまりの重たさにクエナが刀身に左手を添えて押し返す。

歯を喰いしばってできた足跡が地面を這っている。

「えぇやっ！」

クエナの横からフィルを突く影。シーラだ。

急所を狙った容赦のない一撃。速度も威力もタイミングも間合いも十分過ぎる。

しかし、フィルは剣を下げて軽やかに受け流した。

それだけじゃない。

シーラが剣を戻すよりも早く、より速度の増した一撃をフィルが叩きつけようとする。

しかし、クエナの剣がそれを防いだ。同時に、シーラの剣がフィルの側頭部を狙って横に一薙ぎ——しようとしてフィルが前のめりになり避けた。

——察知された。

そう考えるよりも先に、フィルの剣を防いでいたクエナが押される。

「速度も力も……その程度か」

クエナとシーラがフィルの剣圧に弾かれて飛んで倒れる。

辛うじてクエナの刀身が間に挟まっていたおかげで斬られてはいない。

「強い……」

クエナがしみじみと呟く。

たった数秒で実力差が歴然となった。

しかも二対一でこれだ。

一対一ならば——。

クエナが悔しさに土を握り締める。

「ああ、その通りだ。私は強い。おまえたちは弱い。そもそもこの強さこそがソリア様の隣にいられる絶対条件だ」

「……だから、あんたなにを言っているの」

「これほど弱いおまえたちがジードのパーティーなどと口にできるとは、やつも大したことはないのだろう。やはり、カリスマパーティーとやらの件はギルドに直接文句を言ってやらねばな」

「はぁ!? 私たちがあいつとパーティーを組もうとしているからって、あいつの実力が決まるわけじゃ……！」

クエナの言葉にフィルが答えることはなかった。

だが、フィルを呼び止められるだけの実力がないことも分かっていた。

クエナとシーラは去り行く背を見送ることしかできない。

「……悔しい」

シーラの呟きにクエナが身体を起こす。

衣服に付着した土埃を払う。

「もっと精進しろってことね。そうね、悔しいけどあいつの言う通りよ。このままだとジードが認めてくれても周りが認めてはくれないわ」

「ぐぬぬぅ……まぁ私は最悪パーティーじゃなくてもジードと一緒にいられさえすれば」

「あんた相当きてるわね」

茶化すように言っているが、真っ先に悔しさを口にしたのはシーラだ。

悔しさを互いに分かち合っている。

◇

剣聖と名乗ったフィルが去ってしばらく経った。

俺はギルドに出向いていた。

依頼完了と魔族の体質の変異を報告するためだ。

一階に着く。

しかし、受付窓口には行かない。今回はリフから直々の依頼だ。

リフがいない場合は受付で済ましても問題ないそうだが、まずはギルドマスター室に向かう。そこでいなければ改めて一階に戻ってくるが、ひとまずは上を歩いて目指す。

「ジード！」

ふと、俺に声がかかった。

声の主を見てみるとにこやかな笑みを浮かべたシーラと、その傍にはクエナがいた。

「おお、帰ったのか。俺も遠くから帰って来たばかりだ。奇遇だな」

「なに言ってんの。あんた国境線の依頼を受けたでしょ。それで私たちの仕事がなくなったのよ」

クエナが腰に手をあてながら言う。

どうやら入れ違い、もしくは近場にいたようだ。

「え、まじで？　あんまり影響がないと思う範囲だったんだけどな……」

「あんたが戦ったところが激戦だっただけで、他はほとんど収まってたからね。そっちに魔族の数も集中してたし。エリアの広さよりも、物量で見たほうが良い時もあるわよ」

「でも、さすがジードよね！　私たちは魔族とは戦ってないけど、結構有名な傭兵団が幾つも丸々潰されてたって話だったのに！」

クエナが指摘してくれる一方で、もはや犬の尻尾と耳が生えてきそうなほど興奮しているシーラがいた。

それだけじゃない。勢い余って抱きついてきた。

柔らかい感触が胴体から全身を刺激してくる……！

「その子、ジードと会ってなかったから随分と好意ゲージが溜まってるみたいよ」

「そうなのか。まあでもスキンシップも大概にな」

シーラの胸は女性の平均を大きく上回っている。

ここまで密着されると暴走してしまいそうになるほどの刺激だ。

「あんたの受け取ってる『好意』ってそういうことなの。私の言ってる好意ってのは男女的なものだけど」

「……へぁっ。そ、そういう？」

バカな……。

男女の関係というものは知っている。旧クゼーラ騎士団の同僚から話半分で聞いていた。

だが、まさか俺の身近にそんな話があるとは思いもしなかった……！

知識としては存在する。

「むふふ。ジードの心音が聞こえるよ？」

シーラが上目遣いでこちらを見ながら挑発的に言ってくる。

しかし、かくいう俺もシーラの大きな胸を通して心音——つまり動揺が伝わってきている……！

羞恥から顔を赤らめたシーラが妙に煽情的でもあり、今までトイレでしか使ってこなかった部位が反応してきている。

「あのー、ここ公共の場なのでイチャイチャするならお三方で宿にでも行ってきてくれませんか？」

ふと、ジト目でこちらを咎めるように見ている受付嬢が声をかけてきた。

ハッとなって周囲を見渡すと冒険者たちが気まずそうにしている。

一部には殺意を込めて睨みつけてくるやつらもいた。

「ちょっと待って!? なんで私も含まれてるのよ!?」

クエナが受付嬢の言葉に抗議した。

「またまたぁ、隠しきれていませんよ。シーラ様を羨ましそうに見ていたではないですか」

「ちょっ、なに言って……!」

受付嬢に言われているクエナと目が合う。

真っ赤に顔を染め上げて俯いた。


なんだ、これは。


今まで見たことのない光景を目の当たりにして言葉が出ない。

俺はこのまま……緊張と興奮のあまり死ぬのか? 幸せで息が詰まるのか?

過去の出来事が走馬灯のように浮かぶ――。

すべて生きるために必死で戦った思い出――。

ダメだ。死ぬな。

今までのマイナスを返済するために生きているんだ。

死んではだめだ。

今の状況はプラスに向かっているが猛ダッシュ過ぎる。息切れを起こしてしまう。頭がパンクしかけている。話を逸らそう。

なにか……なにか……。

ふと、クエナやシーラに土ぼこりが付いているのが見えた。

「埃ついてるぞ。依頼からそのまま戻ってきたのか？」

「……うっ」

クエナがばつが悪そうに顔を逸らした。

しかし、少しの逡巡の後に頭を下げてきた。

「ごめん。なんか変な女に絡まれて負けた」

「ん、おまえが負けるとは何者だよ。ってよりも、なんで俺に謝るんだよ」

「それはね、ジード。その人がジードのパーティーに入りたいっていう私たちの会話を聞いていたみたいで、なにを勘違いしたのか、私たちがジードのパーティーメンバー候補だって思ったみたいなの」

シーラも申し訳なさそうに目を伏せている。

ああ……なるほど。

どうやら俺の名前を勝手に背負わされたようだ。それで負けてしまったから俺の名前を傷つけてしまったみたいに考えているわけだ。

「そんなもん気にするな。むしろそんなのに絡まれて災難だったな。おまえらが無事でよかったよ」

傷つく名前なんて俺にはない。

Ｆランクでも受ける依頼をこなしているし、なんか災いの元みたいに扱われている節があるし……。

俺の名前なんてロクなものではない。

「ジィードぉ………！」

感極まった様子のシーラが今にも泣きそうな顔になる。

「必ずあなたに相応しいパーティーメンバーになるから……！」

「私も、あんなのには負けない。絶対に」

二人の目には確固たる意志があった。悪いことばかりではなかったようだ。

「まぁ、じゃあ俺はリフのとこ行くから。頑張ってな」

「あぅーっ」

名残惜しそうに可愛らしい呻き声を上げるシーラとの接着面を剝がしながら階段を上る。

しかし、最近は妙なやつに絡まれる事件が多いのだろうか？

俺のところにも宿に変な女が来たし。

色々とごたごたなご時世だから面倒なやつがたくさん発生しているのだろうか。

ギルドマスター室の扉をノックする。

「入るのじゃー」という声がかかり、扉を開ける。

中には小さな幼女が一人いた。

幼児向けにオーダーメイドされたのであろう、高級感あふれるが小型な執務机や幼児用椅子が並べられている。ギャップの巣窟みたいな部屋だ。

当然、客を出迎えるためのものは大人相応にでかいが。

俺は遠慮なく大人用の椅子に座った。

「いつもいるな。暇なのか？」

「なんじゃ、わらわがいて嬉しいのじゃろう？　もっと喜んでもいいのだぞ？」

いつもと変わらない尊大な性格だ。

いなくとも受付嬢に対応してもらうから全くもってどうでもいい。

だが、こいつは一応ギルド全体のトップだと聞いている。

働いているように見えないところはクゼーラ王国騎士団時代の上司を思い出す。

「なんかトップが動いていないと不安なんだよ」

「ぷぷ。不安とは可愛いの。安心せい。そもそも、わらわが派手に動かなければ回らないような組織ではない」

とてとて、と可愛らしいステップを踏みながら楽しそうに執務机から離れて、俺の対面の椅子に座った。

間にあるのは応接用の低い黒机だ。

「依頼の件は聞いておるよ。完了印を押してやるから出すがよい」

相も変わらず鮮やかな黄金色の瞳をキラキラと輝かせている。

小さな手でひらひらと依頼書を受け渡すよう動かす。

「ほれ、依頼書だ」

「うむ。今回も立派な働きだったの。これが依頼金じゃ」

「たしかに受け取った。……それで、少し報告があるんだが」

「どうした？」

こてんっ、とリフが首を横に傾ける。

「実は今回戦った魔族が変なんだ。体内から質が異なる幾つもの魔力を感じて気味が悪かった。それに以前戦った魔族よりも数倍は強くてな」

「ほう？　つまり魔族に普通ではあり得ない変化があったということか？」

察しが良い。

それでいてリフも不思議に思っているのか顎に人差し指と親指を当てて考え込んでいる。

「むむぅ。考えられるのは他人の魔力を取り込んでいるということじゃな」

「他人の？」

「うむ、ここ最近の紛争には少数かつ特定の魔族が出陣していると聞く。もしかすると、犠牲を少なくするために他の魔族が魔力を貸与して、少数精鋭で戦闘に臨んでいるのかもしれん」

そう考えるのが妥当だろう。

俺が行きついた答えもほぼ同じだ。

実際に他人の魔力を借りることは容易い。マジックアイテムを介しても可能だし、触れ合って魔力を送りあうこともできる。卓越した魔力操作と魔法技術を持つ魔族ならば尚更に。

それで不足分の魔力を補うことにより高難度の魔法を扱えるようにもなる。

少数で動くのも合理的だ。

一人で傭兵団一個分クラスの力があれば、紛争地帯ではゲリラのような戦い方もできる。

だが、疑問に思う部分もある。

「プライドの高い魔族が他人に魔力を譲るかどうか、なんだよな」

「そうよな。魔力を譲るということは、自分より戦闘面で優れていると認めることになる。そういう考えに至り、譲渡を拒む者も少なくはないじゃろう」

リフも頭を抱えている。

家族であれば戦場に出る者のために魔力を貸すこともあるのだろうが……。

それなら自分も行く！　となるのが魔族思考だ。

そもそも国境線を塗り替えるための戦いでゲリラ戦法を取るよりも、弱っている王国を正面から数で攻めたほうが効率も良いだろう。

やはり正解と思えるものには辿り着けない。

「というか疑問に思ったのであれば捕らえて尋問すれば良かったのではないか？」

「いいや、尋問はしたさ。死んでも言わなかったよ」

異様な恐れ様で自ら命を絶った者もいたほどだ。

聞いて答えてくれるようなやつがいればラッキーだったのだが。

「ふむぅ……怖い話じゃな。特に大聖祈禱場所が開かれる直前にそんな話は聞きたくなかったの」

大聖祈禱場所。

最近よく聞く単語だ。

アステア教のための、女神アステアに祈る場所。

各国から祈りを捧げるためだけに来る人も少なくないそうで、今年は特に多くなると予想されているようだ。

「まぁ、注意を払ったほうがいいのは事実だな」

「そうじゃの。魔族が以前より進んだ魔法技術や戦闘法を得たのなら警戒は怠れん。……お、そうじゃ。そういえばジードは大聖祈禱場所に行くつもりはないか？」

先ほどの続き、とばかりにリフが尋ねてきた。

首を左右に振る。

「ありえない。クゼーラ王国の半壊は俺が招いたものと言っても過言じゃない」

「まぁたしかに祈禱場所に人が多く集う原因の一端を担ったが……」

そんな俺が行っても『どの面下げて来てんだこいつ？』と、見られるだけだろう。

フィルとかいう剣聖を名乗った女性もそうだった。

彼女は神聖共和国の危機で生じた被害は俺の責任だと考えている節があった。

彼女以外にも恨みを向ける対象が欲しいやつはいくらでもいるだろう。

「しかしの、カリスマパーティーのメンバーとして女神アステアに対する敬虔な態度を示す必要はあると思うぞ。理念としては民衆に寄り添う真摯なパーティーじゃからな」

「信心深い人ってのがいいのか？」

ればの」

「うむ、その通り。無神論者よりも信仰者のほうが信頼されやすい。特に同教の者からす

「そうなのか。……まぁでも、少なくとも今じゃない。俺が顔を出して余計なやっかみを受けてもギルドの看板に傷がつくだけだろう」

「そんな意見は気にせんでも良いのに。しかし、おぬしもギルドのことを気にかけてくれておるということじゃな。かっかっかっ」

リフが嬉しそうに笑う。

いつもギルドのことは考えているのだがな。

俺を拾ってくれたのだから恩を返そうと思うのは不思議じゃないはずだ。

推薦をしてくれたというやつらにもお礼をしなければいけない。どういう経緯なのか、俺には全く身に覚えがないけれど。

「……まぁでも、勉強ついでにアステア教ってのを知るには良い機会かな」

俺は、ボソリとそう呟いた。

当然、このままの姿では大聖祈禱場所には行けないが。

第四話　思い出話

とある少女の話だ。

本来なら人が一つの魔法を身に付けるのには一年以上の歳月がかかるとされている。

それ以前に魔力の流れを理解して魔法に転換する、という魔法を使うための基礎理解には十年を費やす必要がある。

最低でも十と一年——それが理だ。

しかし、稀(まれ)に天才と呼ばれる者が現れる。

五歳で魔法を扱える者もいる。

一つの魔法を一か月で会得する者もいる。

だが、その少女は物心つく前から治癒魔法を扱えたという。

歴代の『聖女』と比べても、それは異端といえた。

そんな少女の両親はアステア教の司祭をしていた。

決して少女の力を悪用しようとは思わず、むしろ治癒に金銭を払う余裕のないものにも施しを与えていたほどだった。

当然ながら、良い評判が流れた。

人々は彼女の両親を善人だと褒め称えた。

少女のことを、聖女と称えた。

——だが、ある日のこと。

少女と両親を乗せた馬車が、人通りの少ない森で襲撃を受けた。

精強な護衛の騎士たちが簡単に倒されていく。

神聖共和国と、とある王国の国境付近でのことだった。

襲撃犯は——魔族。

いかなる術か通常より遥かに強化された数名の魔族は、あっさりと両親の命を奪い去った。

目の前で、産み、育ててくれた両親が引き裂かれて殺されていった。

魔族は言った。

「これで俺たちの思い通りになるな」

「ああ、もっと俺たちは強化される。数も増やせる」

当然、少女には彼らがなにを言っているのか理解できない。

ただ、眼前に転がる胴体と頭部がちぎられてバラバラになった両親に治癒魔法をかけることが精一杯だった。

動転していたのだ。

もう死んでいることに気づいていない彼女ではないはず。
たとえ聖女と呼ばれようとも命だけは巻き戻すことができないと知っているはず。
それはもしかすると目の前の魔族から目を背ける手段だったのかもしれない。
心を抉(えぐ)るような恐怖から逃避したかったのだ。
「こいつ、どうする？」
「まだ利用価値はあるって話だが、見ててキメぇから殺そうぜ」
ビクリッと身震いした。
殺される。
死にたくない。
でも逃げられない。
戦う術(すべ)がない。
少女は治癒魔法しか使えない。
戦闘の知識も経験も皆無であった。
死ぬ。
……死ぬ。
覚悟を決めようとしても決まらない。
やはり誰だって死ぬのは怖い。いやだ。いやだ。いやだ。――アステア様。

少女は、両親が祈り、自身も祈っていた存在に、改めて祈りを捧げた。

両親が渡してくれた女神アステアを模ったペンダントを両手で握り祈った。

魔力が吸われた。

――アステア様。

――アステア様……！

何度も祈る。

何度も魔力が吸われる。

目を瞑って何度も、何度も。

「んあ？　こいつ祈ったか？」

「ああ、ありゃアステアのペンダントだな」

「なるほどな。んでも、そんなもんで――くぱ……？」

恐怖で目を瞑っていたソリアの耳に、魔族の一人が奇怪な言葉を漏らしたのが届く。

どさり、と重いものが空中から地面に落ちた音も聞こえた。

「な、なんだてめぇは！」

「クゼーラ王国騎士団の――ジードってもんだ」

どさり
またなにかが落ちた。

少女が振り返る。

クゼーラ王国騎士団。それは少女が今いる場所から近い国の騎士団だった。

「じ……ジード？」

少女は倒れた魔族を見て、そして立っている人族を見てその名を呼んだ。

知った顔ではない。初めて見る。

黒髪黒目で長身痩軀。目元には疲労からか隈ができている。

一見して地味で影のようなのに、少女はそのジードと名乗った男から溢れんばかりの光を感じた。

眩く燦燦と輝く太陽と面影を重ねた。

どこか優しげな瞳と目が合い、思わず涙が零れ落ちた。

「無事そうだな。……他は無理か」

「う、うぅ……！」

少女は安堵に胸をなでおろした。

そして同時に死んでいった家族、護衛の騎士たちに涙を流した。

喪失感に歯を震わせた。

男の大きな胸板に身を任せると、様々な感情の濁流が涙となって流れ落ちていった。

「遅れて悪かった。この仕事の前に別の仕事があったんだ」

ジードは仕事と言った。

だが、少女からしてみれば、それは『希望』だった。『救い』だった。

抱きとめてくれるジードの温かさに気が緩んだ。

「うぁぁぁぁぁわあああん！」

少女の泣き声が森中に響いた。


その後、無事に神聖共和国へ届けられた少女は、ジードという男の背を追って『希望』を与える者を目指して活動した。

なぜ両親が狙われたのか、調べても分からなかった。

とにかく、両親の分までひたすら活動した。

時に疫病が流行（はや）った街を丸ごと浄化した。

時に紛争が絶え間なく起こる地域にまで赴き、戦争を止めたこともあった。

そして時に、一人の少女を救うために自らの足で三日三晩走り続けたこともあった。

少女はいつしか星のように光り輝く存在と讃（たた）えられ、こう呼ばれるようになった。

――光星（こうせい）の聖女
と。

その少女は今もジードの背を追っている。

◇

その少女は辺境に住んでいたが、貧しい思いをしたことはない。

決して裕福ではなかったが心が幸福で満ち溢れていた。

アステア教の神父をしている父と、厚い信仰心を持つ母。

村の住人も良い人ばかりで、楽しい日々が続いていた。

けれどある時、両親と村の人たちが「神都に出向いて調べものをする」と出ていった。

それはなんてことない、遠足のようなものだとスフィは思っていた。

それから一週間が経ち、一か月が経ち、三か月が経った頃に手紙が届いた。

それは両親からのものだった――。

『今のアステア教は不審な点が多い』

『それを調べるために神都まで来た』

などと書かれていた。

そこには推測であるとしながらも確信を持って記されたアステア教の悪事が並んでいた。

『今のアステア教は魔族と関わりがある』

『女神アステアに行くはずの魔力が――』

スフィは黙々と読んだ。

最後の一行まで。

『すまない、スフィ。君がこれを読む時には私たちは死んでいる。そういう手はずになっている。その時はタンスの一番上にしまっているものを取りなさい。布に包まれた剣が入っているはずだ。——それはかつて歴代の勇者様の一人が私たちの先祖に預けた聖剣だ』

『願わくば君自身を守るために使ってくれることを祈る。私たちのように無謀なことをしないで慎ましやかに生きてほしい』

『本当にすまない』

手紙の最後には涙の跡があった。

「なんで……私には生きろって言っておいて……ママやパパはそんなことしたの……」

最初は虚ろな気持ちになり、次第に怒りが芽生えてきた。

時が経つにつれて嫌な予感はしていた。

人が傷つくような冗談を言う両親ではない。

だからこそ手紙で語られている悪夢のような事柄には実感が伴っていた。

すべて本当のことなのだと。

言葉では綴っていないが、両親の無念が伝わってくる。

信心深い彼らが。

かつてアステアに選ばれた勇者が救ったこの村の人々が。

黒く染まっていく教団を見過ごすことができず立ち上がった彼らが。

死んで終わりという結果にやるせなさを感じていないはずがない。

――怒りの次に悔しさが込み上げてきた。

しかし、スフィは聖剣を抜かなかった。

いや、抜けなかった。

鞘(さや)がさび付いて抜けなかったのだ。

これでどうやって自分の身を守るのよ、なんて両親にひとりごちながらも、手放すことはなかった。

ただ、代わりに自分の心に剣を抱いた。

真・アステア教という組織も立ち上げた。最初は村の人が信徒になった。村の人にも調査に向かった身内から手紙が届いていた。彼らは一様にスフィと同じ思いを抱いていた。

アステア教に睨(にら)まれて、父や母の二の舞になってしまうかもしれない。

それでも、自分が死んでも信者たちが遺志を継いでくれると思えるほど組織が巨大になった時、王都や各国の首都へ布教に回ることを決断した。

今のアステア教は怪しいと。真のアステア教はこちらだと。

名も実績もない小娘の話を聞くのはまともじゃないやつらと誹(そし)られることもあった。

一方でその真摯な活動に心を打たれる者も少なくなかった。

今のアステア教に不信感を持って、真・アステア教に傾倒する者もいた。

そして真・アステア教が大きくなった頃、スフィは『勇者が決まる』という話を聞いた。

勇者協会が選定する、女神アステアではなく人が決める勇者。

ただ、同時にスフィは調べていた。聖剣のことを。

聖剣にも幾つかの種類があった。

スフィの持っている剣は「聖剣自らが選んだ人に力を与える」ものだった。

だからこそ女神アステアが選ばないとはいえ、『勇者』となる人物を見て、聖剣に判断してもらうために勇者最終選定の会場へ赴いた。

アステア教という最大勢力の宗教が異常をきたしている現状を打破してくれる『救世主』を見つけるために。

たしかに全員が強そうではあった。しかし、聖剣はコロッセオのフィールドに立つ誰にも反応しなかった。

スフィは落胆した。やはり、いきなり見つけることはできないのだと思った。

そんな時、災禍が起こる。

竜の大群が神都を襲撃してきたのだ。

なのに、いや、だからこそなのか『聖剣』が反応を示した。

それはフィールドに立つ誰でもない。
観客席で暇そうに見守っていた一人の男に反応していたのだ。
『……救世主様……！』
今まで闇雲に、それでも必死に戦ってきた少女にとってその男は一筋の光だった。
耐え難い絶望を打ち砕いてくれる希望だった。
だからこそ、その場で声をかけようとして——やはりやめた。
もしも彼がアステア教に狙われたら？
聞けばギルドのSランクの人だそうだ。
決して知名度がないわけじゃない。
そんな彼が悪評だらけの真・アステア教に協力したとなれば？
今はまだ、その時じゃない。
スフィはそう思った。
だがいつか必ず、その時が来たら。
スフィは聖剣を渡すつもりだ。

第五話　戦い

俺は大聖祈禱場所にいた。

神聖共和国内にあるここは、一言でいえば広大だ。

三メートルほどある円形の壁が巨像以外なにもない土地を囲った場所。門は四方に四つあり、人々が流れ込んできている。

中心には女神アステアの巨像がそびえ立ち、足下には高い台座がある。その周りには神聖共和国の騎士団やソリアもいる。

だが、他にはなにもない。それだけの場所だ。

それだけの場所のはずなのに、すでに広場は五万以上の人で埋め尽くされていた。

さらに壁の外は、入場待ちの人々でいっぱいだ。

ただ不思議と狭い気はしない。

巨像も雨に降られたら錆びるだろうに、常にメンテナンスを怠っていないのか綺麗に輝いている。

不思議な場所だ。

「おん、あんちゃん久しぶりじゃねーか」

と、声をかけられた。

振り返ると見覚えのある顔が目に入った。

「えーと」

「なんだい、忘れちまったか？　真・アステア教の勧誘のビラ受け取ってくれたじゃないか」

「ああ。あの時の」

男は、いつぞやの王都で真・アステア教の勧誘活動を見ている際にビラを配ってくれた人だった。

しかし、よく俺のことを覚えていたものだ。

真・アステア教の活動を正体を隠して見るために買ったマスクのおかげか。

隠れて見学しなくても良いとリフには言われていたが、念のため着けてきた。

叩けば音が鳴る固さで、少し使い辛くはあるが役には立った。

たまに怪しい目で見られて心が痛むが、それは仕方ない。

「あんたはどこの宗教なんだ？　結局うちには来てくれなかったけどさ」

「どこでもない、今日は見物だ」

「見物か。……そりゃちょっと時期が悪かったな。出直してきたほうがいいかもしれんぞ？」

苦々しい顔つきで男が言う。

人の混雑のことだろうか。

「今更戻っても面倒なだけだ。というか、ここはアステア教以外の信者も来るのか？　さっきの口ぶりだとアステア教以外にもいるって雰囲気だったが。それにおまえらもいるし」

「そりゃいるさ。アステア様をお祀りする宗教にも色々あるからな。俺ら真・アステア教以外だって」

そういえば王都で感じたような真・アステア教を迫害するような言動がない。

むしろ自然に馴染んでいる。

よく見ればスフィもいる。

他にも様々な宗教の司祭と思われる人もいた。

「しかし、取り仕切っているのはアステア教だろ？　問題ないのか？」

「普通ならありえないぜ？　だが今年のこの場所は例外だ。色々と危機が重なって団結しようって時期なのさ。それに――」

男が見上げる。

青く輝く空ではなく、アステアの巨像を見ていた。

「――アステア様を信仰しているのはみんな同じだからな」

「そうか」

見ればこの場にいる誰もが顔を上げている。

団結。

俺からしてみればアステア教に主導権を握られるようなものなのだが、なにかを信仰する者にとってそういう勢力争いはさして興味がないものなのだろうか。

それともアステアに魔力が送られるなら、どこの誰の祈りだろうと良いと考えているのだろうか——。

一人一人の間隔がギリギリになった辺りで壁の内側への入場制限がかかった。

座る余裕くらいはある。誰か気分が悪くなった時のために残しているのだろう。

壁の上に立っているアステア教の人らが、何万もの人々をきっちりと管理しているのだろうか。なかなかすごい。

しかも全員がかなりの魔力を持っている。——教団関係者に扮して広場を警護する騎士か、あるいは。

そこまで考えて頭を振った。

ここは神聖共和国内だ。さすがにそれはない。……はずだ。

それに魔力も一人に一つしか感じられない。ありえない、はずだ。

『皆様、お集まりいただき誠にありがとうございます』

ふと、男の声が響いた。

巨像の足下の台座の上にマジックアイテムの拡声器がある。司祭の服をまとった男がそこで喋(しゃべ)っているのだ。

いや、司祭よりも少し派手な衣装だ。青い髪の男で、しかし、どちらかといえば司祭というよりは戦闘向きの強さを持っている。

『昨今の不安定な情勢の中でも女神アステア様の加護がございますれば――』

などなど。

過去、現在、未来の話をアステアと絡めて喋っている。

それに涙ぐむ者もいた。

ここには辛い経験を経てきた者が少なからずいるということだ。

ただ、隣の男を含めて、スフィを取り巻く真・アステア教の信者たちであろう人々は悲痛というよりも苦々しい顔をしている。

なにかを待っているような、そんな顔だ。

『それでは、話は長々とせずに短く終わると致しましょう。祈禱の時間へと移ります』

と、司祭らしき男が言う。すると、広場の内外から歓声が聞こえてきた。

しかも一部では「うぉぉぉ！」とすら叫んでいる。なにをそんなに喜んでいるのだろう。

声高々にお祈りをする儀礼でもあるのだろうか？　司祭の話が長いと感じた一部の聴衆が、ようやく終わったと盛り上がっているのかもしれない。

なんて思っていると理由が判明した——。

台座に昇ってきたのはソリアだった。上から顔を見せると広場内がより沸いた。

『僭越ながら、私ソリア・エイデンが祈禱の神事を務めさせていただきます』

そう言いながらソリアが軽くお辞儀する。

その姿にオーディエンスが地面を震わせるほど盛り上がった。

これもう女神アステアじゃなくて聖女ソリアの宗教だろ。と思わせるほどの賑やかさだ。

『この場の偶像は、こちらの巨大な銅像になります』

ソリアが背後の巨像に手を向けることで説明する。

偶像。それは祈る対象だ。

ペンダントや拳サイズのものから、この広場にでかでかと存在感を示すものまで。多種多様な形で存在する。

それらを媒介して女神に魔力を届ける。

とは、ここに来る前に調べた話だ。ただ現地に来るだけでは十分に学べないから前知識を仕入れておいた。

『それでは祈りましょう』

手を重ねてから、ソリアが目を瞑って祈り始める。

それに合わせるように人々も手を重ねて祈り出した。魔力が銅像に流れ込んで蓄えられていく。

――ように見えて、俺の目には奇妙な魔力の流れが映っていた。

銅像を経由して魔力が別の場所へ向かっている。流れ着く先はソリアの演説の前に台座に立っていた男と、壁の上にいるアステア教の信者たちだ。

次第に彼らの体内に祈りで捧げられた様々な人の魔力が蓄積されていく。

それは見覚えのある複数の異なる魔力を宿す個。

――戦場で見た魔族。

だが、なによりも俺が驚いたのは――。

「そこまでです！　アステア教大司祭――ザイ・フォンデ！」

それをまるで予期していたように叫びだす少女、スフィの姿であった。

俺が見ていた魔力の流れに赤い色が付いていた。それは戦闘経験のない一般人には不可視の魔力を誰でも見ることができるようにした『魔力の流れを現す色』だった。

スフィの叫び声によって祈禱は強制的に中断させられた。

「みなさん、この赤い色は魔力です！　女神アステア様に届くはずであった皆様の魔力です！　それを大司祭のザイ・フォンデや一部のアステア教徒たちが吸収しています！」

　少女の言葉に周囲がざわめきだした。

「すでに色々と噂されていたはずです！　アステア教の不祥事を耳にしていない方のほうが少ないはずです！　アステア教を魔族が――」

「――くははっ。もう十分だ」

　スフィの言葉に被せて、ザイ・フォンデが台座の上に立った。ソリアの隣に。

　その顔にはいかにも悪そうな笑みが張り付いていた。

「もういい」

　ザイがパチンッと指を鳴らす。

　同時に赤い魔力が女神の巨像に戻る。刹那――爆発。巨大な鉄の塊が中から膨れ上がるようにして破裂した。

　耳を劈くような音だった。

　それだけじゃない。鉄の塊が勢いよく破裂したのだ。

　当然ながら高い殺傷力を伴い、この広場にいる人々に降りかかる。

　しかし、寸前のところで、

「発動してください！」

　またスフィが叫ぶ。

同時に魔法陣が幾つも展開される。彼女たちは予め備えていたようだ。

スフィを中心に広場のあちこち、そして広場の外にも防御魔法陣が展開されて鉄塊の雨から人々を守っている。

即席の脆い魔法陣ではなく用意周到に組まれたものだ。

「へぇ。やるじゃないか」

ザイが褒めながら、身体を歪に変えていく。

いや、変えるというよりは本来の身体に戻ると言ったほうが正しいだろうか。

髪はなくなり、青い肌と赤黒い瞳、そして鋭い牙を持った魔族になっている。背中からは黒い翼を生やして真の正体を現した。

「魔族……！　やはりアステア教は魔族に操られて……！……皆さん、逃げてください！　ここは真・アステア教が引き受けます！」

スフィが言うが、それに反応できている者はいない。

突然のことで誰もが訳も分からず立ち竦んでいる。

そんな中で――。

「ザイ・フォンデ!!　ソリア様から離れろ！」

「【剣聖】フィル！　ははは
っ！　さすがに早いな！」

いつぞやの宿で絡んできた女性だ。

白銀の剣がザイを襲う。ソリアから引き離そうとしている。

だが、切れ味の良さそうなフィルの剣をザイが素手で弾いた。

鉄と鉄がぶつかり合う鈍い音が鳴り響く。

「――一昔前ならやられていたかもな」

そんな余裕めいたザイの呟きが拡声のマジックアイテムに拾われた。

同時に。

フィルがザイの足蹴で遥か下の地面まで叩きつけられる。台座の一部が崩れる。

ソリアの悲鳴も拡声器から聞こえてきた。

「聞けぇ、人族共！　おまえらが祈った分だけ俺たち魔族の力となった。女神アステア？　ふははは！　そんな存在は幻想だ！　祈るだけ無駄だ！　劣等種であり、欠片ほども価値のないてめぇらは今から、この第七魔貴族であり次期魔王でもあるユセフ様が直々に虐殺してやるよ!!」

それが合図のようで。

壁の上に立つアステア教の信者たちも本来の魔族の姿に戻り、ニヒルに笑いながら広場を見下ろしていた。

広場全体がどよめく。

突然の異常事態に、『なにかの催しか……？』と現実逃避気味に呟く者さえいる。

だが、俺の隣にいる真・アステア教の男は苦しそうな顔をして魔力が底を尽きそうになっても防御魔法陣を展開していた。両手にはマジックアイテムが握られている。

あらかじめ配られたマジックアイテムに魔力を込めれば防御魔法陣が発動する仕掛けだろう。

「もう一度言います！　逃げてください！　我々、真・アステア教が食い止めます！」

スフィの言葉に今度こそ一人、また一人と連鎖的な反応が起きる。

次第に四つの門をめぐって諍(いさか)いが起こる。早くいけ、早くいけ、と怒号が轟(とどろ)く。

その姿を滑稽と言わんばかりに眺めている魔族が、真・アステア教の信者たちが構築した防御魔法陣に手を向ける。

壁の上の魔族から攻撃魔法が放たれる。

水、火、風、雷、土、あるいは、槍(やり)、剣、斧(おの)、矢……。

膨大な攻撃の嵐。次第に魔法陣にも亀裂が生じる。

（さすがに手を貸さないとマズいか）

ギルドの看板云々(うんぬん)どころではない。

ましてやカリスマパーティーとやらの話もある。仲間になるソリアを危険な目に遭わせるわけにもいくまい。

俺の周囲からもほとんど人がいなくなったので、地面に亀裂が入るほど遠慮なく足に力を込める。

「お、おい。俺らが引き受けている間にあんちゃんも逃げ……！」

「もうしばらく辛抱しててくれ」

「なっ!?」

転移魔法を使うよりも、目の届く範囲であれば足に力を込めて突撃したほうが意外と良い場合もある。

特に今回はソリアの周りに敵は一人――ザイ・フォンデ……いや、ユセフか。

とにかくその魔族ひとりだけだ。

なら引き離せばいい。そのために必要なのはパワーと速度。

転移なら一瞬で近づけるが勢いがない。魔力を取り込み強化されたユセフは俺にも底が見えない。だからこそ。だからこそ。

ドガッと地面が鳴る。

景色が一瞬にして移り変わる。

もう眼前にユセフがいた。

「なんだ、おま――っ」

だからこそ。

ユセフは力に溺れて油断する。そして俺の攻撃を受け止めてくれると信じていた。フィルの剣と同様に。

予想は的中する。

ユセフが巨像に向かって吹き飛ぶ。爆散しても胴体より下は形を保っていた巨像が今度こそ完全に崩壊する。

「ふー……ソリア、大丈夫か？」

「え、ええ……え？　って、ててて、ていいますか、その声……！」

ソリアが言いかけて、二つの場所から瓦礫を押し退ける音が聞こえる。

一つは台座の下。フィルだ。

足蹴にされていたが、ようやく復活した。

そしてもう一つはユセフだ。

銅くずを払いながら立ち上がった。

◇

それはフィルとユセフが起き上がったのと同じタイミングだった。

真・アステア教の防御魔法陣が一つ、また一つと壊されていく――中で神聖共和国の精鋭と呼ばれる騎士たちが動き出した。

外で巡回していた騎士、あるいは中で様子を窺っていた騎士、避難誘導していた騎士が一斉に動いた。

魔族と騎士の間で壁が崩れるほどの攻防が繰り広げられる。

当然、それに巻き込まれる者も少なくない。

「どこ見てんだ?」

ユセフがグンッと一気に距離を縮める。

魔力で強化された鉛よりも固い拳が飛んでくる。

頭をかすめるくらいギリギリで避ける。

「改めて問う。おまえは誰だ?」

ピシッと白い面にヒビが入った音がした。触ってみると目元から顎ほどまで割れているようだった。

避けきれていなかったか。

「まったく。やばいな、これは」

ユセフの問いには答えられず、冷や汗が頬に伝った。

久しぶりに感じる死の気配だ。

ユセフの体内にあるのは十万近くの信者から集めた魔力だ。他の魔族と分け合ったとはいえ膨大すぎる。

その量は溢れ出る魔力が靄となってユセフの姿を覆い隠すほどだ。

「答えろぉ!!」

「おまえの相手は私だろう！　無視するなぁ！」

ユセフが再度殴りかかろうとして横から突き出された白銀の剣への対応を迫られる。

フィルだ。

起き上がり台座の上まで跳躍してきた。

だが、さっきと同じことだ。

また生身の腕に受け止められる。

両者のぶつかり合いで風圧が生まれる。

おかげでひび割れていたマスクが取れる。斜めに入っていたヒビが下部から上部へと走り、真っ二つになって落ちていく。

「やっぱり！　ジードさんっ！」

ソリアが真っ先に反応する。

そこでフィル、ユセフも俺を見た。

「ジード……!?　まぁいい、貴様はソリア様をここから遠くへ連れていけ！」

「ふははは！　ジードが来るのは誤算だったが……構わんだろう。だが、二人で掛かってこなくてもいいのか？」

フィルの言葉をユセフが嘲笑う。

実力差があり過ぎるとばかりに。

「……こいつの力はなんの手助けにもならないッ！　私だけで十分だ！」

そうフィルが言った。ひどい暴言だ。

隣でソリアがムッとした顔をしている。

「フィル！　前から思っていましたがジードさんを軽んじて――！」

「まぁいいさ。ソリアを台座から下ろすってのには賛成だ。俺とソリアはこのまま下がるぞ」

言いながらソリアを横抱きする。

階段で下りるのでは遅すぎる。

「ほ、ほゎ……！　ジ、ジ、ジードさん……！」

「飛ぶぞ。舌を噛まないように歯を食いしばってくれ」

「ひゃっ、ひゃい……！」

ソリアが桃色の唇を横一文字にキュッと閉じる。

準備が完了した様子を確認して台座から飛び降りる。

地面には難なく着地できた。

「お、重たくはありませんでしたか……っ！」

ソリアは下りると真っ先に俺の顔を覗(のぞ)いた。

不安そうに上目遣いで尋ねてくる。

「全然だ。むしろ軽かったよ」

「そ、そうですか！」

どこか満足そうに頷(うなず)く。

しかし、ソリアはすぐにハッとなって周囲を見渡す。

多くの負傷者。……死んでいる者もいる。

それを見て痛々しい顔つきになった。

「私は負傷者を治癒します」

「おう、分かった」

この惨状にも臆さない凛々(りり)しい立ち振る舞いと負傷者に向けられた慈愛のまなざしは、聖女と呼ばれるに相応(ふさわ)しい人格者っぷりだ。

感心していると走り去るソリアがこちらを振り返った。

「あ……あの、ジードさんっ！　またしても危ないところを助けていただき、ありがとうございました。私、あなたに負けないくらい頑張りますねっ！」

「……？　ああ、頑張れよ」

「はい！　それではっ！」

今度こそソリアは負傷者のもとへ向かっていった。

以前ソリアを助けたことなんてあったっけ。王国騎士団の一件を言っているのか？

まあいいか。

さて、ユセフはフィルがやると言っていたので他の魔族の対処にでも当たるとしよう。

◇

大聖祈禱場所で発生した魔族による戦闘行為。

アステア教の信者に紛れ込んでいた三十名。そして外部から新たに手引きされてきた魔族も続々と現れる。複数で転移してきた者、あるいは直に歩いて来た者。

彼らはこの日のために魔力を溜め込んでいた。

数にすれば百名に達する。

対して人族の騎士は千名ほどだ。

ただし精鋭と呼ばれるものはその中でも魔族と同様に百名ほどしかおらず、ほとんどが祈禱の際に倒れた人を運んだり、もしくは揉め事が起こった際の仲裁役、または広場の整理を担当するための騎士。

いわゆる下っ端や新米の兵士クラスばかり。

剣を握って仕事をするのはこれが初めてという者もいる有様だ。

数の上では勝っている騎士側も次第に押され始める。

他人の魔力で強さを底上げした魔族に太刀打ちできない。

大聖祈禱場所（たいせいきとうばしょ）は凄惨な虐殺の現場となる――はずだった。

「お、おまえは……っ！」

百の魔族の中でも実力者であったルイルデが驚愕（きょうがく）に顔を染める。

――ジード。

すでにユセフ配下の魔族たちの間では警戒すべき人族だった。

それは複数の魔力を取り込んだ魔族を以て（もって）しても勝ることのできない異端の者。

そんな彼がルイルデの立つ壁の上に現れた。――ルイルデがそう認識したのも束の間（つかのま）。

「よいしょ」

「ぬおおおおおおお!!」

まるで部屋の掃除をするかのような掛け声を出しながら、ジードはルイルデの顔を鷲摑（わしづか）みにして足下に叩き（たたき）つけた。

壁が豆腐のように崩れていく。

叫び声の他はなにも発することができず、ルイルデはそのまま地面に突き刺さる。それから起き上がることはなかった。

「さて、メインはどうなったかね」

ジードは周囲のドン引きしている敵（魔族）・味方（騎士たちや信者たち）を放っておいて、ユセフとフィルの戦いを横目で見た。

◇

ボロボロになった台座から下りたフィルとユセフは、広場の中心部で人外の戦いを繰り広げていた。

常人には動きを目で追うことができず、青色と茶色の物体が行き来しているようにしか見えない。

その中でジードだけが認識できていた。

この戦況を左右する二人の戦いがどうなるか、を。

速度、パワー、どの面から見ても明らかにフィルが押されている。

なによりも圧倒的な魔力の差だ。

良質な魔力があれば肉体や神経を大きく強化することができる。そして当然、高度な魔法を駆使できる。

魔法は一発で戦況を簡単に覆すことができる。

それはこんな一対一の状況でもだ。

足下の地面から剣でも生やせば一歩分の迷いが生じる。

光を一瞬でも放てば視界を奪うことができる。

だというのに。

「なぜだ！」

ギリッとフィルが歯を食いしばる。

それは悔しさからだった。

「なぜとは？」

ユセフがバカにして嘲る。

意図を理解した上でフィルに言わせようとしているのだ。

「なぜ……魔法を使わない！」

「あぁ、そのことだったかぁ」

「白々しい……！」

ユセフはフィルとの戦いに魔法を一切使っていなかった。

明らかにフィルに手加減をしていた。

「だって勿体(もったい)ないだろう？　これからも戦いがある」

「戦い、だと……？」

「ああ。あそこのジードとかいう男、それからここに来るであろう救援部隊だ。逃走用に転移魔法を組み込んだマジックアイテムはあるが、起動するためにある程度の魔力は温存せねば。それに逃げ惑うやつらを虐殺せねばならぬ。魔法でまとめて殺すのが効率が良い」

「貴様……！」

フィルが怒る理由は幾つもあった。

自分を倒す前提であること、すでに自分ではなくジードとの戦いに意識が向いていること、そしてこれから更なる虐殺を行うこと。

「前々から怪しい言動が目立っていた！　貴様がアステア教で頭角を現す前から有力な司祭たちが不審死を遂げていることも……！　ソリア様の両親が……襲撃されたことも！」

フィルの言葉一つ一つにユセフの頬がいやらしく吊り上がる。

まるで面白い話を聞いているかのように。

その舐め腐った態度にフィルは激昂した。

「やはり貴様が諸悪の根源だったのかッ!!」

「言うまでもないだろうに。そうさ、俺だよ。随分と脆弱な組織だった。女神なんかに縋るだけあって頭が悪い連中の集まりだったよ。内部から切り崩しやすかった」

「――あと一年……いや数か月で貴様を今の地位から追い落としていたものを！」

フィルが剣をユセフに振るう。

風を切り、音が後から続く。

しかし、ユセフは事もなげに摑んで受け止めた。

「そこが神聖共和国の悪いところだ。アステア教を後ろ盾に中立を保つことに必死で対応が後手後手に回る。そもそも中立だからと、ソリアを守るためだと主要な戦力を神都に置かない油断っぷりだ」

「その辺に――っ！」

フィルが摑まれた剣を引き抜こうと力を込める。

だが動かない。

無理を悟り、瞬時に剣を放棄する判断を下した。

代わりに雷撃を纏った拳でユセフの腹部を突く。

本来なら鉄をも砕く威力だ。

バチバチッと音が鳴り響き、地面も揺れるほどの衝撃が走る。

しかし、ユセフは傷一つない。

「これが実力か？……随分と笑わせてくれるじゃないか。おまえはソリアの護衛として『聖女』に相応しい箔付けが必要だったから『剣聖』などという大層な称号を得ただけにすぎない」

「な……っ」

フィルがなにやら反論しようとしたが、ユセフの蹴りが側頭部を直撃する。

あまりに重たい一撃。

開けた場所で遮るものがなく、壁まで吹き飛ばされた。

「……かはっ……！」

あまりの衝撃に身体中の空気が抜ける。五感が鉄分を帯びたような嫌な臭いに埋め尽くされる。血液が沸騰して頭が破裂したような感覚が襲ってくる。

そんなフィルが霞む視界の中で見たのは白銀の剣を放り投げるユセフ――そして顔を覗いてくる一人の男だった。

「死んでる？　あー、生きてるか。タフだな」

「ジ……ード……」

フィルがたどたどしい息遣いの中でなんとか男の名前を口にした。

「どうする？　まだ見てるだけでいいか？　こっちが引き受けた魔族は虫の息で暇になりそうなんだが」

言ってジードが視線を周囲に逸らす。

釣られてフィルが見やると、壁はいたる箇所が崩れており、そこかしこに魔族が倒れていた。

当然、巻き込まれた人も出た。

だが真・アステア教の信者たちとスフィ、そしてソリアが救助活動に当たっている。

ジードが介入したことにより、むしろ最小の犠牲で済んでいた。

それを見てフィルの顔が驚愕に染まる。

しかし、すぐに気を取り直して顔を左右に振る。

「おまえは……手を出すな！」

フィルの声に力が入る。

それはもう意地のようなものだ。

だが、すでにボロボロで気迫の欠片もない。

『フィル様がやられた！ ザイさま……いや、裏切り者のザイ・フォンデを押さえろ！』

ジードが倒した魔族の分だけ空いた兵力がユセフに向けられる。

少しの時間ができたと、ジードがフィルに聞く。

「どうしてそこまで邪険にしてくるんだよ。ソリアのこと好きすぎて目が曇っちゃいないか？」

「……っ。それでも、私はソリア様に恩を返すんだ……！」

「恩？」

「……子供の頃、私の生まれ育った村が焼かれた。けど私はソリア様に救われた。それからはずっとあの方の傍にいたんだ。あの方の光を絶やさないために力をつけながら……！

なのにおまえはソリア様からずっと……！」

　そんな背景をあっさりと語られてジードが口を一文字にする。

「ようは嫉妬だろ？　あいつの傍に自分がずっといたいっていう。だからっておまえが死んだら意味がないだろうに」

「おまえのことは……いつもソリア様から話を聞いていた」

「俺のことを？」

　意外そうにジードが少しだけ目を見開いた。

　フィルが今も救助活動に励んでいるソリアの姿を一瞥する。

「……おまえは光だと。だからソリア様は日の当たる場所にジードを推薦したんだ」

　悔しそうにフィルが歯を食いしばる。

　ソリアの光の根源が共にある自分ではなく、ジードにあることを認めているようで。内心の苛立ちは不甲斐ない自分に向けられているようだった。

「それでギルドが俺を引き抜いたってか」

「本当なら神聖共和国の騎士団に迎える手はずだった。しかし、それは私が拒んだ」

　ジトッとフィルがジードを見る。

　とことんソリアを好いているための嫉妬にジードは苦笑した。

「そんなに嫌われているか。俺は」

「私だけ、だがな。おまえのことを推薦したギルドのやつはソリア様以外にもいた。だからおまえはギルドにいったし、実力を軽んじられることなくSランクになっている」

「媚売って得た地位だと思ってたんじゃないのか？」

「そう思っていた。しかし、この短時間で魔族を一掃した力量は本物だろう」

よろりとフィルが立ち上がる。適当に近くにあった剣を拾う。

だが、その剣をユセフには向けなかった。

「私ではザイ・フォンデの始末はできない。それは……認めるしかない。認めないといけない」

剣の刀身が震えるほどにフィルは柄を握り締めていた。

彼女からしてみれば屈辱的に悔しいのだ。

それでも認めた。

ジードのほうが戦えることを。

「おう。お疲れさん」

ジードは茶化すことなく、軽やかに一言だけ発した。

彼女の精神的、肉体的な苦労を労った。たとえそれが彼女にとって無意味であっても。

不意にフィルが口をもぐもぐと開いた。

「…………す…………た」

小さな声でぼそぼそとフィルが言う。

その顔は赤く染められている。

「ん？　なんか言ったか」

「す、すまなかったと言った！　散々の非礼や暴言は許されるものではないだろう。ただ、それでも……悪かった。それに、おまえの連れっぽいやつらも巻き込んでしまった」

「ああ。あれ、おまえだったのか」

ジードがクエナやシーラの様子を思い出した。

そもそも、あの二人を倒すだけの実力者は限られてくるから勝手に結びつく。

「おまえの力を測るために必要だった……と思っていたから」

「力を測るためめって、おまえ。めっちゃ暴走してんな」

「本当にすまない……」

フィルは切れ長の目じりを垂らしながら謝意を口にする。心から申し訳ないと思っている顔つきだった。

ジードが居辛そうに頭を掻く。

「俺は別にどうでもいい。はなから気にしてなんかいない。あいつらに会った時まで取っておけ、これ以上の謝罪は」

「……悔しいな。そこまで器の違いを見せられると」

「急に持ち上げられると気持ち悪いわ」

「き、気持ち悪いなんて言うな！……だが、正式な謝罪は必ずする。こんなので許してもらったつもりはない」

「なんでそんなに上から物申せるんだよ。本当に騎士ってのは変なところに拘るんだな」

ジードはシーラの姿を思い浮かべて言った。

もうクゼーラ王国騎士団の件は依頼金ももらって終わったことなのに、まだなにか返そうとしてくる少女の姿を。

「さて、じゃあ行くかな」

ジードが指をパキパキと鳴らしながらユセフのほうを見る。

今も倒そうと躍起になっている騎士たちを、ユセフはまるで埃のように払っている。

「まったく魔力減ってねえな。まぁ、あの量じゃ減ったかどうかすら分かりゃしないか」

「救世主様！」

ユセフの対処法を考えているところに——スフィの声が届いた。

「きゅ、救世主？」

突然、変な呼ばれ方をしてジードが戸惑う。

しかし、スフィには呑気に説明する暇などない。

ただ麻布に包まれた棒を差し出す。

「ここには玉砕覚悟でやってきたので持ってきてませんでしたが、救世主様がいるなら話は別です！　外部に連絡して今ようやく届きました！　こちらをお使いください！」

麻布を外すと棒は辛うじて剣を模(かたど)っていた。

だが錆(さ)びており、どう見ても使えそうにない。

「……いや、気持ちだけで」

「あ。これはその、ジードさんが持てば必ず反応してくれます！　今だって、ほら！　ここ！　ほんのり光ってます！」

スフィが生真面目にもはや原型を留(とど)めているかすら怪しい剣の一部を指さす。

そこからはたしかに微弱な魔力が漏れてキラリと輝いていた。

「うーん」

「に、握ってさえいただければ分かります！」

「いや、そうじゃなくて。俺、剣技そんなにできないんだよね」

「え……っ!?」

予想外の応えにスフィが目を点にする。

そして軽く絶望した様子になる。

「たしかにそれは考慮すべきことでした……！　聖剣が反応したから浮かれすぎてました……！」

「悪いな。ってことで俺いくわ」

「ああ……！　せめて腰に下げるだけでもっ！」

スフィはそう言うが、腰に異物があれば動き辛くなる。

当然ながら剣は持って行けない。

壁を踏み台にしてユセフのところまで跳躍する。

ドガッと強烈な音と共に壁が炸裂する。

近くにいたスフィは、ジードが目配せしてフィルが保護していた。

ジードがユセフとの距離を一瞬で縮めた。

だが、今回は突っ込まない。

ただ近くに着地して騎士たちに言う。

「今までよくやった。あとは俺が引き受ける」

「「はい！」」

ジードの言葉に騎士たちが場所を譲る。

Sランクの冒険者であり、先ほどの一方的な魔族との戦闘を見て、ジードの他に適任者がいないことを誰もが理解していた。

「壱式——【一閃】」

ジードが魔法を発動する。

イメージしやすいよう世の中に浸透している詠唱とは別物の独特な掛け声を伴って。

ユセフの首を狙った、横を撫(な)でる一筋の鋭い風。目に見えない風の刃の動きに合わせて
ユセフが右手を向けた。

「この程度の魔法など造作も――」

それはフィルの剣を受け止めるように。

まるでジードの魔法を見透かしたように。

だが、見えざる刃がユセフの鋼鉄の肌に触れた瞬間に血飛沫(ちしぶき)が舞った。

「……くっ!!」

桁違いの切れ味があると瞬時に察知して上半身を逸(そ)らす。それで辛うじて避ける。

魔力の剣が自然と消える。ユセフが頭を起こす。

右腕の肘まで斧(おの)で割られた薪(まき)のように両断されたユセフの腕がだらんと垂れる。

激痛を覚えて左手で抱えた。

「貴様ぁっ！」

その頑強さに自信を持っていた肌から血が出た――。

そのことにプライドを傷つけられたユセフが怒気を込めて叫ぶ。

「なんだ、意外と脆(もろ)いな」

「人族程度が図に乗るなぁぁぁぁ！」

ジードの煽り文句にユセフが激昂する。

しかし、もしも。

――もしもあのまま受け切ろうとしていたら。

そんなことを振り返れるくらいにはユセフの頭は冷えていた。

「なるほど、フィルよりは強い。だが、だからどうした。俺を傷つけたからと言って勝てたつもりか!?」

ユセフの言葉にジードは反応しない。

代わりに騎士たちが離れたことを確認した。

「参式――【炎薔】」

ジードが次の魔法を口にする。

地面から炎の茨がところ狭しと無数に生える。

今度こそユセフも油断はしない。

「リルヴライ・ブレース！」

ジードの魔法を相殺するためにユセフが氷系の魔法を放つ。

ユセフを中心に波状の氷が広がる。

「魔力の量も質も人族などに魔族が負けるはずが……なっ!?」

ジードの茨が触れるたびに氷が蒸発していく。

　一瞬の時間稼ぎにすらならない。

　むしろ氷はユセフ自身の視界を塞いでいた――気が付けば左も右も前も後ろも炎の茨が囲んでいる。頭の上も炎の茨がユセフを覗きこむように囲んでいる。

（だが、これほどの威力だ……！　人族の身であれば一発限りの大魔法だ……！　ならこれさえ止めれば！）

　ユセフが体内の魔力を解き放つ。

　同時に獣の唸り声のような轟音が鳴り響く。

「うおおぉぉぉぉ！　リルヴライ・ブレース！　リルヴライ・ブレース!!　リルヴライ・ブレェエエエス！！！！」

　逃げ場のないユセフが悲鳴にも似た絶叫を上げながら有り余った魔力を使って魔法を連発する。

　数十と重ねて使用したため、炎の茨は消えていた。

「ふ……ふははは！　どうだ！　おまえの全力を掻き消してやったぞ！　これが、おまえのような人族ごときでは一生たどり着けない領域だ！　そして、魔王になる男の実力だぁ!!」

「肆式――【雷槌】」

「……は？」

ユセフの吊り上がっていた頬が痙攣した。バチバチと音が鳴る頭上を恐る恐る見上げる。

人など簡単にすり潰してしまいそうな大きさの、雷で形作られた槌があった。

「は、はったりだ！　こんな形だけのまやかしに……！」

槌は巨大な質量からは考えられない速度で迫る。

言葉だけは威勢の良かったユセフが転移魔法を使って距離を離そうと動く。

「転移！」

――そこでユセフは勘付く。

転移魔法は莫大な消費魔力の割に発動するまでが長い。

自分の位置と移動する位置、そして自分が移動する姿、した姿、そういったことを鮮明にイメージしなければいけない。

だからこそだ。

それにより生じた僅かな隙をジードが見逃すはずもない。だが、ジードは微動だにしなかった。

雷の槌は凄まじい威力があるためジードすら近づけないのだ。

「――いい勘をしている」

ユセフの目配せで察したジードが素直に褒める。

しかし――ユセフにとっては不快な言葉だ。

「そんな余裕を――」

転移の発動で景色が一瞬だけブレたように見える。

次にユセフが現れたのは槌の被害が及ばないだけの最低限の距離をとった場所だ。広場の中であることに変わりはない。

だが、それが仇となった。

「――見せるなブボォッ！」

「だが良いのは勘だけだ。転移する場所の見極めは甘い」

ユセフが転移した場所に、ジードもまた現れていた。

ジードの異様な存在感に恐怖しながらユセフは吹き飛ばされる。ようやく蹴られたことに気づいた。

状況整理していくと蹴られた先が――転移前の場所だと思い至る。

「おっ、おま――ッ！」

転移魔法を再度発動しようとしても間に合わない。身体は宙に浮いているから避けることもできない。

ただ自分を蹴った男、ジードを睨みつけることしかできず。

ドンッと重々しい音がした。槌と地面の間にユセフは放り込まれていた。

ビシビシと地面が雷撃に焼かれている。

すぐに槌は霧散した。

残ったのは大穴が空いた地面だった。

穴の中心部から弱々しい苦痛の叫びが聞こえてくる。

「あ、あぁあがぁぁぁ……っ」

「生きてるのか。さすがだな」

ジードが穴を見る。

プス、プスッと焼け爛れて黒くなった肌。悔しさで歪んだ顔。

「もう一発いくか。【雷槌】」

「――ぁ……な、なぜ、なぜおまえのような化け物が人族に存在する⁉」

「化け物？　まぁ多少は強いかもしれんが、禁忌の森底ってとこに昔から住んでたら自然にそうなっただけだ。大した理由じゃない」

「禁忌の森底……？　Sランク指定区域……の？　本当にそれだけか？　貴様ほどの人族が……！　ありえない！　ありえない！　そんなに強くなれるものなのか⁉　おまえはまた別の……！」

「知らないよ、そんなこと。じゃあな」

それだけ言ってジードは槌を落とした――。

二発目の槌によってより深く広がった穴。

ジードは焼け焦げた地面を歩いてユセフの死体を確認する。

ボロボロの死体は原型を留めていなかった。欠損していたり、あるいは炭化していたり。

だが確実に死体があった。

「死んだか。しかし、あの魔法を二度もくらったのに死体が残ってるのか」

ジードは些か感嘆した様子で見下ろしていた。

ユセフの蓄えた膨大な魔力は本体を亡くして行き場を失いながらも、未だに死体にまとわりついている。

終わってみれば圧勝だった。

だが、ユセフはまだ大量に魔力を残していた。

その戦い方は力任せだった。戦闘技術という面ではジードの足下にも及ばない。

……しかし、彼が戦闘経験豊富だったら状況は変わっていたかもしれない。

「七大魔貴族とか名乗ってたか、次期魔王とも」

ジードは一時的にでも国に仕える身だった。

だからこそ、なんとなくこの戦いの行く末が見えてくる。

ただでさえ各国から多くの人が集まっていたのだ。この件で間違いなく人族と魔族に亀裂が生まれた。

民を想っての行動にしろ、パフォーマンスにしろ、動こうとする国は一つではない。

ジードが後ろを振り向く。

（……いくらソリアやスフィが救助しても死んだやつは少なくないだろうな）

崩壊した壁。

魔族による被害を受けた人々。

外からやって来た魔族に当初、神聖共和国の騎士団は対応できていなかった。

だから我先に逃げようとした者から死んでいったのだろう。出入り口の近くには死体が固まっていた。

決して自己責任だなんて責めることはできない。それは当たり前の反応なのだから。

今回は魔族の一方的な攻撃だ。

（人族の士気は高まるだろうな、間違いなく。もう理性で抑えられる状況じゃない）

魔族の隠(かく)れ蓑(みの)になっていたアステア教の権威は失墜したはずだ。

宗教とは希望を与えるだけじゃない。逃げられる、依存できる場所となるだけじゃない。

生き方を指し示す役割も担う。

それがアステアの信徒を騙(かた)る魔族によって示されていたと知ったとき、信者たちはどうなるのだろうか。

この状況は非常にまずかった。

ユセフは死してなお大きな爪痕を残した。

「ジードさんっ！」

背後から少女の声がする。

ジードが振り返るとスフィが走りながら駆け寄ってくるところだった。

「なんだ？」

スフィを見ると同時に、その背後の人々にも目をやった。

魔族は軒並み倒されており、人員はすべて救助活動に費やされていた。

残るはユセフのみだったようだ。

「ザイ・フォンデはどうなりましたか!?」

「死んだよ。……見ないほうがいい」

「いえ、大丈夫です。慣れています」

スフィがユセフの死体を覗く。

えずくこともなく、顔を青ざめさせることもない。

ソリアのように戦場を渡り歩いた経験があるのか、スフィはこの程度の死体には慣れているようだった。

死体を確認したスフィが一度だけ頷く。

「これできっとアステア教もやり直すことができます。よかった。本当によかった……！　ありがとうございます、ジードさん！」

「いらないよ、礼なんて。行きずりだ」

「それでも、あなたはここにいる人々を救ってくださいました。私たちだけではこんなに多くの方々を助けることはできなかった。……本当に、本当にありがとうございます！」

スフィは頭を下げて、心の底から感謝していた。

崩壊した女神の銅像は原型を留めていないが、広場の台座は辛うじて残っていた。

スフィは台座の上に立ち、拡声器を手に取り、未だに広場の内外に留まっている人々に声をかける。

『みなさん、聞いてください！』

スフィの声に誰もが視線を向ける。

『たった今、第七魔貴族のユセフおよび配下の全魔族が掃討されました！　神聖共和国の騎士様たち、剣聖フィル様、そしてSランク冒険者のジード様によって！』

「「うおおお！！！」」

待っていた、とばかりにスフィの声に同調して人々が声を上げる。

誰もが戦っていた。

魔族と戦う騎士を見て声援を送った。あるいは救助活動を手伝うものもいた。逃げることに努めたものもいた。

それらすべての人は形は違えど、生き残りをかけて戦っていた。

だからこそ、スフィの勝利宣言はみんなに受け入れられた。

『皆様、大丈夫です。こうして魔族に襲われても人族には希望があります！　傷ついた人々を救済してくれる聖女のソリア様。襲ってきたものすべてを打倒する騎士様方やジード様……そして皆様がいます！　必ず救いはあります——！』

そんな、人に希望を与える言葉を投げかける。

不思議とその言葉は聞く人の胸に染み渡った。真・アステア教を幼くしてまとめ上げるスフィには人の心を動かす力があるのかもしれない。

ジードはそんなスフィの姿を横目に、広場から一人離れていく。

（……あいつがいれば俺が考えるような暗い未来はこないかもな。杞憂だったか）

ジードはそんなことを思ったのだった。

◇

「待て、ジード。どこへ行くつもりだ」

広場から離れてしばらく。

森林に差し掛かった場所で俺は声をかけられた。

「どこって。帰るんだが？　おまえこそなんの用だ、フィル」

慌てて追いかけてきたのだろう。

少しだけ肩で息をしているフィルがいた。

「なんの用って言われたら色々あって答えづらいんだが……」

「謝罪の件か？　それなら本当にいらないぞ。クエナやシーラに謝ってくれればな」

「あ、ああ。それはする。少し気まずいが」

「なら一緒に行ってやろうか？　俺からも謝らないといけないしな」

「なぜジードが？　これは私の問題だ」

「そりゃだって、間接的とはいえ俺が巻き込んでしまったようなものだから俺も謝らないといけないだろ？」

それくらいの道理は弁えているつもりだ。

なら一緒に謝ったほうが楽だろう。

フィルが決まりが悪そうに俺から目を逸らした。

「そうか、そうだな。私はおまえにそんな迷惑もかけていたのか」

「ああ、そうだな。おまえが考えなしに突っ込んだ結果がこれだよ」

刺々しく言う。

「本当にすまない……だが、だからといってソリア様まで見損なわないでほしい」

「なんでそこでソリアが出てくるんだよ？」

「それは！　私がずっとソリア様のお傍にいるからだ。だからソリア様の印象も……」

「下がるわけないだろ。おまえの思考回路ぐちゃぐちゃだな」

「……うぅ」

ひどい言われようだと思うが反論すらして来ない。

その気力もないのだろう。

「一つのことに拘りすぎるな。別のことでも考えて楽になれ」

とりあえずのアドバイスをして、言葉を続ける。

「それで話は変わるけど、色々あるって言ってたろ？　他になにか言いたいことでもあるのか？」

「あ、ああ。そのだな、ソリア様はずっとおまえと話したいと思っているんだ。でもなかなか機会がない。だから、近くにいる今だからこそ会って話してくれないか」

今がチャンスってわけだ。

結局、こいつの思考はソリアがファーストだ。

だからぐちゃぐちゃなのだろう。

カリスマパーティーの件だってギルドに直接言えば良かっただけなのに俺のとこに来た。まぁ、それは発言力なんかも影響してのことだろうが。

そうであったとしても俺の実力を測るためにクエナやシーラにまで喧嘩を売るのはヤバイだろう。

「でも、ソリアも俺もカリスマパーティーのメンバーだろ？　別に忙しい今わざわざ行く必要はない。いずれ会える」

フィルと一緒にソリアが来ていないということはまだ救助活動に当たっているのだろう。

それなら俺が行って邪魔をするわけにはいかない。

救助活動が終わるまで待つってのも暇だしな。

「それもそうだが……」

「あー、もう。うじうじするな。おまえそんな性格じゃないだろうに。言いたいことをハッキリ言え」

「……ああ。分かった、言う。認める。認めてやる。ジードの実力はたしかにすごい！　私より上だ！　だがな！　ソリア様を想う気持ちは私のほうが上だ！　なぜなら私のほうが最初にソリア様を救うためにユセフへと駆け出していたのだから！」

宣戦布告するように俺をビシッと指さしながら言う。

「それはフィルと俺の距離にも差があったからだろ？　台座の真下にいたおまえと、中心部から離れていた俺。そりゃどう考えてもおまえのほうが早く対応できるだろうに」

「あ、たしかに……」

うぅ……とフィルがふさぎ込む。

こいつ面倒だな。放置していいだろうか。

いや、放っておいたら後々追いかけてきそうだ。

「でも、まぁもしも俺がおまえと同じ位置にいても同じ判断ができていたとは限らない。ソリアを想う気持ちはおまえのほうが断然、上だよ」

「!! そうだろう!? そうだよな! おまえ良いやつだな!」

「お、おう」

急にハイテンションになって起き上がった。

情緒不安定なやつだな、こいつ。

「あ、良いアイディア浮かんだ」

「……なんだよ?」

また急にポンッと手を叩いてフィルが満面の笑みで言う。

「実は私もギルドからスカウトが来ていたんだ。カリスマパーティーに入れてくれないか頼んでみるよ!」

「……」

「え？　なに？　どこへ行くんだジード！　おい！」

後ろから声がかかる。

ダメだ。こいつは面倒の種になる。

構わず放置しよう。

俺は宿に戻った。

第六話　結成

ギルドマスター室。

椅子に座り向かい合う、俺とリフ。

「ジード、お主大変なことになっておるぞ」

リフが神妙なホクホク顔という器用な表情で大きく広げた新聞を机に置いた。顎で新聞を示して俺の視線を誘導している。

言われるがまま見てみると一面に、

『新世代の勇者か！』

『アステア教が魔族に乗っ取られていたことを見抜き第七魔貴族ユセフを打倒！』

『破竹の勢い！』

等々書かれていた。

俺の顔写真つきで。

リフのホクホク顔はギルドの知名度や信頼度が上がるからだろう。

「賑(にぎ)わってんなあ」

「随分と冷静じゃの。こういうのは喜ぶもんじゃぞ？」

「そりゃギルドにとってみれば名前が売れてるんだからいいんだろうけど、今みたいに程よく指名依頼や緊急依頼が来る感じが楽でな」

「頼まれた依頼は全部受けておるからの、お主。律儀なものじゃ。かっかっかっ！」

勇者に興味はない。

アステア教が魔族に乗っ取られていたなんて知らなかった。

破竹の勢いってのも……全部巻き込まれただけなんだよな。

「新聞ってのはいい加減な記事を書くものだ。ところどころに嘘（うそ）がある」

「それが仕事であるからな。アステア教が貶（おとし）められただけに、虚実とりまぜても祭り上げる英雄が必要なのじゃよ」

「勝手に祭り上げられる身にもなってほしいんだがな」

まぁ、ギルドの得になるならいいか。

「それで、俺になんの用だ？」

今日、ここに来たのはリフに召集を受けたからだ。

また依頼でもあるのだろう。

「実はジードの意見をもらおうと思うのじゃ」

「意見？　なんの……いや、まさか」

一抹の不安が頭を過る。

「カリスマパーティーの件じゃ。新たなメンバーを二人ほど候補に加えた」

「二人？……いや、一人はなんとなく予想できる」

「そうか？　まぁ大聖祈禱場所（たいせいきとうばしょ）で仲良くなっていてもおかしくはないの。そう、【剣聖】フィルがギルドへ加入となった」

リフが数枚の資料を机に置いた。

そこに載っていた顔はフィルだった。他にも実績や戦闘経験など冒険者として必要な情報があった。

適当に資料を手に取って眺める。

やはりか。フィルは変な行動力がある。しかも、ソリアが関わるとどんな行動に出るのか予想もできない。

ギルドに加入した理由も当然……。

「カリスマパーティーに入りたい、と？」

「わらわは認めようと思っておる。多くの反発はあるが」

「成功者でよそ者だからな。やっかみか」

「まぁの。ギルドに入ったばかりで、Sランクの枠は今年はジードで埋まったからAランク止まり。……じゃが、ギルドの中でも実力と知名度が上位であるのは疑いない。次のSランク試験も近い時期になってきた」

リフが口をへの字にして腕を組んでいる。

未だに内心では決定しているわけではないのかもしれない。

「俺はなにも言うつもりはない」

「よいのか？　おぬしのパーティーぞ」

「些か暴走気味な面を除けば俺が出会ってきた中でも腕はたしかだ。知名度も、ギルドが問題ないって判断したんなら俺が口出しできることじゃない」

「ふむぅ」

リフの眉間に皺が寄る。

頑固そうに悩んでいる姿は幼さのギャップもあってか可愛く見えた。

「もしも【剣聖】まで参加するとなればギルドへの支持はさらに盤石となるじゃろう。お主から言うことがないのであれば申し出を受ける」

決心したようだ。

中々重たい舵を切った様子だ。

「それで、もう一人は？　俺の知ってるやつか？」

「知らんだろうて。見たことあるか？」

ばさり、とリフがまた資料を机に置く。

今度はフィルと比べて枚数が少なかった。

容姿は癖のないストレートな、おかっぱの黒髪。写真からでも分かるほど白くきめ細かな肌。右目の下に涙黒子。軍服を着ているが胸部が豊かに膨らんでいる。

歳は十代後半くらいだろうか。

資料にはウェイラ帝国の部隊に所属している、と書かれていた。どこの部隊なのだろうか。

なにより特筆すべきは——元Sランクと書かれていた。

「ユイ。最年少でギルドのSランクになった少女じゃ」

「最年少か、そりゃすごいんだろうな。でも、今は帝国に所属してるんだろ？　引き抜かれたって書いてあるが」

「帝国がどこからかカリスマパーティーの話を聞きつけおってな。ユイのことを紹介してきおった」

「そりゃまたどうして」

「元は隠密系の部隊に所属させておったと思うのじゃが、帝国上層部は方針を変えて『英雄格』にするつもりなのだろうの」

「英雄格？」

「お主、バシナを倒したろ。第0軍の長の」

「……？」

言われて首を傾げる。

名前なのだろうが誰だか思い出せない。

「忘れたのか？　お主が倒した帝国の将軍級だった男じゃよ。元Sランクであったから引き抜かれていった」

「ほー」

「そやつが担っておった将軍級……すなわち英雄レベルの存在を埋めなければならんのよ。バシナは負けたことで箔が落ちるのは自明。じゃなくとも女帝が敗北を許さん。そこでユイに白羽の矢が立ち、差し当たってカリスマパーティーで名を広めてやろうという魂胆じゃな」

「名を広める？　知名度がないならパーティーに入れるメリットがなくないか？」

「目立つタイプでないだけじゃ。ユイの顔を知る者は少なくない。隠れファンというやつも大勢おる。パーティーに一人はそういう人材も必要じゃろう？」

「……そんなもんか。でもウェイラ帝国には相当な数の有力者を引き抜かれたんだろ？　いいように使われてるような気がするが」

「そこは案ずるな。引き抜かれる時に金銭はもらっておる。それに帝国での税金緩和など特別な条件も引き出しておってな」

「へぇ。水面下で色々あるんだな」

「ギルドはこれでも一国以上の戦力を有する、と言われておるからの。帝国とて舐めてかかるわけにはいかんのじゃ」

運営側の事情は俺の与り知らない領分だ。

リフが言うのなら、ユイを選択するのはあながち間違いでないのだろう。

見たことないからなんとも言えないが、実力面は聞くだけなら安心できそうだし。

ただ、気になる点がある。

「こいつも新しく入るってならAランクだろ？　それに出戻りには反感を持つやつだって多いだろ？」

「ああ、ギルド脱退時点でSランクだった者は、規定でSランクとして戻すことができるのよ。実力という面では、未だに冒険者の間で認められておるから反発も少ないと予想されておる」

こちらはあまり悩んでいる様子ではなかった。

どうやらギルドでは結構な信頼があるらしい。

「まぁギルドが言うなら俺はなにも言わないし、出す意見もない。……が、パーティーの半分がギルド外から勧誘した人材だと体裁が悪くないか？」

「うっ……」

鋭いところを突かれた、とばかりにリフが胸をおさえる。

だが、反論することなく真っ直ぐな目で俺を見た。

「……ぶっちゃけ、わらわの内ではこのまま二人をメンバーにして正式なパーティーとして発表するつもりじゃ」

「ってことは批判される覚悟は決めてるんだな」

「だってだってぇ！　Sランク誰も受けてくれないんじゃもん！　なら他から見つけて来るしかないいんじゃもん！」

「ええい。じゃもんじゃもんと、うるさいわ。泣きながら引っ付いてくるな！」

目や鼻から水分を放出しながら堪え切れないと机に身体を乗りだして胸元で泣こうとしてくる幼女。

こいつ自称かなり歳いってるのに感情を爆発させすぎだろう。

まぁ、色々と堪えてきたものがあるのだろうけど……。

ぐすん、ぐすん、と涙ぐみながらも、ようやく平静を取り戻したリフが自分の席に戻った。

「俺が言うのもなんだが、発表を遅らせればいいんじゃないのか？」

「ぐす……い、いや、遅らせてはならんのだ」

「どうして？　少し発表を遅らせて実績を積ませて馴染ませれば問題ないだろうに」

ユイもフィルもギルド加入をして、即時に代表となるパーティーに入るから批判や反発が起こるのだ。

それなら「即時」じゃなければいい。

半年から一年間ほどギルドで活動を行えば周囲も認めてくれるだろう。その頃にはフィルもSランク試験を受けることができる。

「その点は同意できる。しかしの、第七魔貴族の一角ユセフによる侵略行為によって人族の柱たる存在が必要とされておる」

リフが先ほどの新聞に指を立てた。

大きな見出しはこのためだ、と言わんばかりに。

「アステア教が崩壊し、信用が失墜した。真・アステア教は盛り上がりも見せるが、それでも魔族に利用された女神アステアに対する信頼は回復しておらんのじゃ。そのため本来アステアが選ぶ勇者という存在にも……」

「期待しない層が増え始めた？」

「うむ。そこで人族の新たなる柱・カリスマパーティーじゃ」

「なるほどな。その層を支持者に変えるために早く動こうって算段か」

「まぁ、おぬしらにそこまで考えろとは言わん。いつもどおり活動してくれれば良い。複雑な問題はギルドで解決するでな」

赤くなった目じりを隠そうともせずに「大船に乗った気で任せろ」と胸を張る。

その顔はどこか誇らしげだ。

「ひとまず、ジードも問題ないというのであれば顔合わせをする必要があるな。都合の良い時間を教えてくれ――」

◇

リフとの話し合いが終わって、俺は露店に寄っていた。

「串肉……えーと、十本」

「あいよ。金貨十万枚ね」

「はい、銅貨十枚」

露店のおっちゃんの軽い冗談を流して銅貨を渡す。代わりに串肉が十本入った麻袋をもらう。

しかし、これは俺が食べる用ではない。

今、王都に依頼を終えて帰ってきているという二人に持っていくものだ。

当の二人がいるという家の前に行く。

その家は王都の一等地に建てられている。

敷地自体は広くないが木々の生えた庭があり、一人暮らしをするには不必要と思える二階建て。

持ち主の髪色と同じ赤い屋根の豪邸だ。

玄関のドアをノックすると開かれた。

「あれ、ジード」

クエナが顔を覗かせる。

奥にはパンを咥えたシーラが廊下を歩いていた。

「おおっ、ジード！」

シーラが俺の顔を見るや否やパンを咥えたまま向かってくる。

どちらも元気にやっているようだ。

「ほい、これ受け取って」

さきほど露店で買った串肉を手渡す。

シーラが受け取った。

「え、なになに？　プロポーズなら指輪を贈るもんだよ？」

「なにを言ってるんだ、おまえは。この前フィルがおまえらに喧嘩を売ってしまったろ。それの詫びだよ。俺の問題に巻き込んでしまってたみたいだ。すまん」

シーラの言葉を躱す。

手渡した串肉を見てクエナが苦笑いを浮かべていた。

「あんた、それで串肉って。こういう時はもっと高価なものを贈るのよ」

「……そうなのか？　謝罪するときは手土産がいるとだけ聞いてたからさ。すまん」

「まぁ境遇を考えると仕方ないとは思うわよ」

クエナは苦言を呈しつつも満更でもなさそうに串肉を頰張っている。

あ、色々と言っても食べるんだ。

シーラも一本取りだして口にした。

「これ美味しいわねぇ。いやぁ、最近はずっと手料理ばっかりだったから露店とか食堂とか使わないのよね。私かなり手料理しちゃうタイプだから」

チラチラッと、シーラがこちらを見ながらやたらと「手料理」というフレーズを強調してくる。

「手料理っていっても狩った魔物丸焼きにするだけでしょ」

「あ、そういうこと言っちゃうんだ！　香辛料とか調味料和えてるの見てないんだー！」

クエナの告げ口？　にシーラが頰を膨らませている。

こいつら仲良しだな。

「いやまぁ美味しいのは認めるわよ」

「えへへー。ジードもどう？　旅先の野宿でも料理を作る人がいると心が温まるわよ⁉」

シーラがグイッと顔を近づけてくる。

「露骨なアピールね……」

クエナが頭を押さえながら言う。

その言葉の真意を摑めずに尋ねる。

「アピール？」

「カリスマパーティーに入りたいってことよ」

「ああ。そういえば、パーティーの人員埋まるっぽいぞ」

さきほどリフから聞いた話を伝える。

それに二人が驚いた様子を見せた。

とくにシーラは前のめりになっている。

「聞いてないんだけどっ!?」

「そりゃさっきメンバー候補見せられたくらいだからな。今度、顔合わせするみたいだ。

二人は知った顔だけどな」

「知った顔？　そういえば、メンバーって誰よ。Aランクの私を差し置いて……」

「ああ。例の暴走剣聖ことフィルと、俺も良く知らんが元々Sランクだったユイってやつだ」

「……ッ!?」

名前を聞いた途端、クエナが目を見開いた。

唇と掌に力が籠っている。

「どちらもギルドに戻って来た、入ってきたって話題になっている人たちねー。色々と囁かれてるけどカリスマパーティーに入るからだとは。まぁ妥当なところかしら」

シーラは合点がいったようだ。クエナほど驚いている様子ではなかった。

「おまえは驚かないんだな。クエナは結構驚いているみたいだが」

「よくよく考えるとカリスマパーティーよりもジードパーティー志望だから」

「そ、そうか」

ストレートな気持ちに嬉しさを感じつつも照れ臭くなる。

「どう？　家事全般できるし戦闘だってこなせちゃう有能メンバーを迎えちゃうのは？」

「いや、すごい助かるんだろうけど依頼にもペースってものがあってな」

「エッチなお世話だってするわよっ」

シーラが豊かな胸を寄せる。

明らかに平均を遥かに超えた大きさの二つの半球がふにゃりと形を変えていた。

「くっ……！　誘惑がすごい……っ！」

そのポージングがシーラの魅力に拍車をかけていた。

今まで禁欲的な生活を続けていた俺の目には幸福すぎて毒にすらなっている。

「あと一歩のようねっ。なら――」

シーラが近づいてトドメを刺してこようとする。

だが、その前に押し黙っていたクエナが口を開いた。

「……ねぇ、ユイって帝国に引き抜かれた……あのユイ？」

「俺からしたらユイってやつは一人しか知らないが、まぁそのユイだな」

「いえ、そうよね。ギルドに戻ってきたのは、あのユイだもんね」

因縁をつけてきたフィルではなく、ユイについてだけ問いかけてきた。

パーティーの件ではなく、ユイに関わっている帝国の――ひいては姉に対するモヤモヤでもあるのだろう。

とくにユイってやつはSランクになって帝国に引き抜かれている。

つまり、ユイはクエナにとって――。

「ユイは私にとっての憧れだった。あんたと同じで」

「ああ、そうだよな」

俺は前よりクエナに気を許されているようだ。包み隠さず吐露してくれた。

こっちのほうが楽で分かりやすい。

「そんな子が次はカリスマパーティーに……あなたの隣に立つなんてね」

「……」

クエナの顔が暗い。どんよりとしている。

なんだろう。このままだとマズい気がした。

クエナは俺にとって大事な人だ。

世話になったから。

話しやすいから。

騎士団を抜けて初めて打ち解けられた人だから。

だから自然と、突っかかることなく喉から言葉が出る。

「もし、カリスマパーティーを優先してもいいのなら俺とパーティーを結成しないか？」

それが解決策になるわけじゃないかもしれない。

だが、一時的でいい。

クエナの安定剤の代わりにでもなってくれれば、そう思っての言葉だった。

「えっ!?」

「いいの!?　クエナと私が入ってもっ!!」

クエナとシーラが突然の申し出に驚愕する。

シーラに関してはなにも言ったつもりはなかったのだが、二人はパーティーを組んでいるようだし当然の流れなのか。

あ、

「いや、なんかタイミング的にシーラの誘惑に負けたみたいになってるけど違うからな。

おまえら二人は強いし、俺に足りない常識や知識を持っている。なんとか取り繕ってはいるが、さっきの手土産みたいにボロが出てしまうから……」

「私は全然エッチなお世話をしても構わないわよ！　ね、クエナっ」

「ほぁっ!?　ちょ、あんたどこ触ってんの！　私は……っ！」

シーラがクエナの胸も寄せる。

クエナも負けず劣らず良いおっぱいをしている……！

やばい。

俺このパーティー結成すると頭おかしくなるんじゃないだろうか。

「でも、パーティーならもう一人欲しいわね。できれば治癒を担当する人！」

シーラがクエナの豊かな果実の形をむにむにと変えながら言う。

「治癒って別に私たちだけでも……んっ……そろそろ触るのやめ……っ！」

いつも勝気なクエナが弱々しく声を漏らす。

「なに言ってるの！　ここまで来たら打倒カリスマパーティーでしょ！」

「俺も一応カリスマパーティーなんだがな」

「ジードは別！　他の三人とうちの三人でやり合うの！」

妙に息巻いているシーラ。

どうやら彼女なりにクエナのことを思っての言動のようだ。

たしかに、もしもカリスマパーティーに勝てばクエナの自信にも繋(つな)がる。ルイナだって、クエナのことを無視できなくなるだろう。

「ジードさん！　ようやく見つけました……！」

ふと、後ろから声が届く。

振り返る。ここは一等地なだけあり人通りは少なく後ろには一人だけ。そのため、すぐに声の主の姿には気づけた。

「スフィだったか。どうしたんだ？」

真・アステア教の指導者的な存在がそこにいた。

手には布に包まれた棒がある。

なんとなく用向きは察せられた。

「聖剣を受け取ってください！　これはジードさんが手にするべきものなんです！」

と。予想に反しない言葉が向けられた。

「聖剣！　届ける！——まさかあなた治癒魔法を使えたりしない!?」

俺が答えるよりも先に、シーラがそんなことを言った。

なぜどうしてそうなったのか。そういえば昔聞いた有名な話で聖剣を勇者に届ける聖女の逸話を思い出した。

かつてある勇者パーティーにて——。

一人の信心深い聖女が、聖剣が反応を示した男――勇者になる人物に聖剣を手渡したというのだ。

似た状況ではあるから、シーラもデジャヴのような感覚を覚えたのだろう。

「ちょ、ちょっとだけなら……？」

戸惑いながら、スフィがそう答えた。

クエナの安定剤になれば、そう願って半ば思いつきで提案したパーティーだったのだが、どんどんと予想外の方向に進んでいく。

なにやらスフィを勧誘でもしているのか手をぶんぶんと振り回して話し込んでいる。やがて交渉に成功した様子で、シーラが天高く指をさして宣言する。

「――いざ、打倒カリスマパーティー！」

シーラのそんな高らかな言葉が響く。

「い、いや、私は本当に時間ないですよ!?」

スフィはなんだか腰が引けている。

かなり無理やりに勢いで勧誘したらしい。

「私も別に打倒までは求めてないわよ」

「なにを～……！」

「ちょ、手をわきわきさせないでよ！」

シーラの目が怪しく輝く。

クエナが危機感を抱いて胸を守る。

「人がいないとはいえ往来だから程々にな」

「人がいたらやらないわよっ。ところでジードもいかが!?」

シーラが言う。反射的にクエナがキッと俺を睨む。

思わず目を背けた。

「……その絡み方はできない」

「えぇー。張りが良くて触り心地最高なのにもったいないぞー」

「――そろそろ止めなさい！」

クエナがシーラの頭をどつく。

頭にたんこぶができたシーラが目元を潤ませながら両手で頭を押さえる。

「そ、そこまでする!?」

「それはこっちのセリフよ！」

「あのー、それでジードさん、この聖剣をどうか……！」

「いや、もらっても別に剣とか使わないし、聖剣ってどう考えても面倒ごとを引き寄せそうだからいらないんだが」

世間から仰々しい煽り文句を付けられたり、二つのパーティーを掛け持ちしたり、いろいろと忙しくなってきた。

それでもこの忙しさは嫌いじゃなかった。

騎士団にいた頃とは違って、むしろ心地良い忙しさだ――。

第四章

赤い女帝のアプローチ

The Slave of the "Black Knights" is
Recruited by the "White Adventurer's Guild"
as a S Rank Adventurer

2

第一話　カリスマパーティー

カリスマパーティーの顔合わせのため、俺はギルドマスター室の前に来ていた。

中から感じる四人の気配で俺が最後だと分かる。

こんこんっと手で扉を鳴らす。

中から「入るのじゃー」と気の抜けた声が返ってきたので扉を開ける。

「遅れたみたいだな、すまんすまん」

入りながら挨拶をする。

部屋の最奥には幼女向けにオーダーメイドされたであろう高そうな机と椅子がある。リフのことを知っている者であればギルドマスター専用だと一目で分かる。

そんなこぢんまりした椅子にリフが能天気な笑みを浮かべて座っていた。

リフの手前には、対になった応接のソファーと、その間に低い黒机がある。

片方にはソリアとフィルがいて、もう片方には黒髪の美少女、ユイが座っていた。軍服を着ており腰には短刀を携えている。

写真通りの風貌だ。

「遅れてはおらんぞ。ちょうどの時間じゃ」

「いいえ、お言葉ですがリフ。ジードは遅れています。ソリア様を待たせる＝遅刻です」

「わ、私は気にしてませんから……！」

ソリアが俺のほうをチラチラと顔を朱色に染めながら見てくる。

その反応に一層フィルが苛立っているようだ。

「初めまして、ジードだ」

片方空いているソファーに向かう。

座っている先客に挨拶しながら座った。

「ユイ」

こちらを見ることなく、黒机の上に置かれているお茶を飲みながら、端的に少女が名乗った。

随分と無口だ。それに表情筋がピクリとも動かない。

「よし、これで揃ったの。これがカリスマパーティーとなる面々じゃ。今後はギルドのため共に活動することも多くなるであろう。早速じゃが大型の依頼を――」

「その前にいいですか、リフ」

リフの言葉を遮ってフィルが手を挙げる。

とくに機嫌を損ねた様子もなくリフが首を傾げる。

「どうした？」

「私はまだ実力を把握していないメンバーがいます。彼女がソリア様のお傍にいても良いか判断したいのですが」

そう言うフィルの目は俺の隣にいるユイに向けられていた。

ユイが飲んでいたお茶を黒机に置く。意識は腰の短刀に向けられている。戦闘準備は完了しているようだ。

リフが『やれやれ』といった顔で指を合わせてパチンと鳴らした。

刹那――室内の備品一つ一つが鋼鉄のような結界に包まれる。

俺やソリアといった『人』も守られている。かなり高度な魔法だ。空間把握能力も魔力操作も一流でなければ実現不可能だ。

「好きに暴れい。ただし部屋からは出てくれるなよ」

「「――――」」

リフの許諾を得て一瞬。

激しい剣戟が繰り広げられる。

『ほぇー』とソリアがボーッと眺めている。当たり前の反応だ。むしろ眺められているだけ場慣れしていると言える。

一秒で剣閃が数十と迸って残像を残している。鉛のぶつかり合う音が同時に四方から聞こえるほどだ。

常人では目で追うことすらできないだろう。

ふと、残像が俺の前を過る。自然と目で追っていたソリアの視線が合う。

「はぅっ……！」

という謎の言葉を残して目を逸らされる。

前々から思っていたが、これは俺が人見知りでもされているのだろうか。

パーティーになったのだから慣れていきたい。

フィル曰く好意は持ってくれているようだから親しくなれると嬉しいのだが。

そんなことを考えていると音が鳴り止んだ。

勝敗はついていないが、納得のいくところまでは済んだようだ。

「……やるな」

はぁはぁ、と肩で息をしながらフィルが言う。

一方でユイは平淡な様子で口を開かずに座った。

長剣と短刀の差が出たな。

狭くはないが、広くもない部屋だ。武器のリーチで間合いも動きも変わる。それが疲れに出た形だ。

実力的に拮抗していると顕著な差として現れる。

「おまえはなにか言うことはないのか。おまえからしたら私以外にも実力を確認したいメンバーはいるはずだ」

　フィルが反応のないユイを見ながら尋ねた。

　チラリ、とユイが俺のほうを見る。

　当然だ。ソリアは戦闘員じゃないから消去法で俺が残る。

「ジードは後」

「それはどういうことだ？　ジードだけ後回しにする理由が分からない」

「後。以上」

　フィルの問いを一言で撥ねのける。

　マイペースだが有無を言わせない凄みがある。

　フィルもムッと表情を硬くする瞬間はあったが、同じパーティーとなった以上は喧嘩を売らないようだ。

　さすがに弁えているらしい。ソリアが絡んでいないからか。

「まぁ、ともかく一段落したようじゃから本題を話すぞ？」

　場が静まった辺りでリフが声をかける。

　ソリアはリフのほうを礼儀正しく見て、フィルもその後を追う。

　ユイは、あくまでも自分のペースでお茶を飲み、俺はそんな周囲の様子を見てからリフに視線を合わせた。

「早速じゃが、お主たち『カリスマパーティー』に——」

言いながらリフが俺たちの前に立ち、黒机に一枚の依頼書をバンッと叩きつけるように置く。

「——依頼を受けてもらおうと思う」

依頼書を眺める。

そこには『最大級地下ダンジョン・イルベック攻略』と書かれていた。

「おお、イルベックですか」

ソリアが口元を押さえながら言う。

隣のフィルも難しい顔つきをしていた。

「知ってのとおりSランク指定の地下ダンジョンじゃ。かつて魔王であったラン・イルベックが人族侵略のために造り上げたもの」

「ん、そいつはどうなったんだ？」

興味本位で聞く。

まだ迷宮はあるそうだが、魔王はいないという話を聞いている。

なら、結果がどうなったのか気になった。

「当時の七大魔貴族の一人に下剋上を受けて死亡しておる。そのため、侵略用に飼育されていた強大な魔物が放置されて独自の生態系を生み出しておるのだ」

「今でもイルベックから外に出てきた魔物が暴れたりしてま……す。はい」

　補足説明とばかりにソリアが教えてくれる。

　ぎこちない目線配りだが気遣ってくれているようだった。

「以前にAランクの土竜の群れが出てきて神聖共和国内の街一つが潰れたこともあったな。あの時は私とソリア様でなんとか収めたが甚大な被害だった」

「へぇ。これ人族の領地にあるのか」

「本来の『入り口』は魔族領にあるがの、あまりにも巨大すぎる弊害と言うべきか随所で侵入経路が見つかっておるよ。とくに魔王ラン・イルベックが死んで以降は隠蔽魔法も効かなくなっておるからの」

「それで、いつになるのですか？　この攻略は」

　ソリアが小さく手を挙げて尋ねる。

　それにリフがあらかじめ決めていたのであろう日時を発表した。

「お主たちのスケジュールによると明日から三日間は空いておるそうじゃの」

「では、攻略は明日からですか？」

「なにを言っておる、ソリアよ。今日からに決まっておろう」

　まぁ、驚きはない。

　メンバーもそう言われることは分かっていたようで反応が薄い。

「なんじゃ、『そんな無茶ぶりやめてー！』とでも言うと思ったのじゃがな」

　悪戯（いたずら）っぽくリフが笑う。

　と、言ってもメンバーの装備を見る限りではなんらかの通達は受けていたようだ。

　遠征レベルで離れた場所から来ているメンバーに十分な備えなしに突然依頼を受けるような真似（まね）はさせていない。ちなみに俺も万全の装備で来るように言われたが、手ぶらでも外で寝泊まりできるし、戦闘も問題ない。

「それではイルベックに転移するぞ。あっちに冒険者や傭兵（ようへい）も呼んでおるからの」

「俺たち以外にもいるのか？」

「四人で挑むにはさすがに巨大じゃからの。多少の配慮くらいはしておる」

　リフが言いながら指を合わせる。

　擦り合わせるとパチンッという軽快な音が鳴って周囲に光が溢れる。

　視界が明転したかと思えば――風景が一瞬で変化した。

　木が一本も見えない大草原。眼前には落とし穴のような巨大な穴が覗（のぞ）いている。

　周囲では突然現れた俺らを武装した人々が囲んでいた。

　三十名ほどはいるだろう。いずれも実力者と見て取れる。

「うむ、みんな集まっておるな」

　リフが辺りを見回して頷（うなず）く。

武装した人々はリフが集めたという冒険者か傭兵なのだろう。

中には見たことのあるやつもいた。

「おお、あんちゃん久しぶりだな」

体毛が濃いおっさん。

クゼーラ王国の騎士団を打倒するために雇ったディッジだ。

かなり久しぶりだが、たしかウェイラ帝国を拠点にしているAランクの冒険者のはず。

「元気してたか。あの時は助かったよ」

「いやいや、俺たちの助けなんていらなかっただろうに。そんな世辞はいいよ、Sランク様の話題はウェイラ帝国でも噂になってるぜ！　がはははっ」

「噂って言っても悪い話だろ。もう何度も聞いてるよ」

かなり悪目立ちをした自覚はある。

そのため悪評も広まっている。そういう話を耳にした。

「まぁ、多少は変な噂も流れてるみたいだが気にすることはねぇよ。帝国の軍部は結構バカにしてるって話だが、あそこの気質みたいなもんだ。自信家のやつらが多いからな」

気前よくディッジが笑い飛ばす。

そんな会話の最中でリフがパンパンッと手を叩いて全員の視線と集中を集める。

「それでは攻略の概要について話す――」

攻略目標は至ってシンプルだった。

最深部にある「ダンジョンの自壊を起こすマジックアイテム」の確保だ。

放置された魔物たちによって行く手を阻まれているが、ダンジョンを放棄せねばならない事態に備えてそういったマジックアイテムがあるとのこと。

しかし、ダンジョンの全容は把握されておらず、地図もない。そのため手探りでマッピングを行うことになる。

すでに幾つもの調査隊によって中継地点の確認はしてあり、あとはクリアするのに単純に実力が必要な場所を突破していくだけ、と。

少し気になって問う。

「探知魔法と転移は使っちゃダメなのか？」

「ダメではないが、阻害する魔法陣がダンジョンに組み込まれておる」

へぇ。よく考えられている。

試しに探知魔法を展開してみる。

――リフの言うとおり波打ち際のように、一定の場所まで魔力を送ると跳ね返される。

たしかにこれでは進みようがない。

が。

ふと脳裏に疑問が過る。

これ無理やり魔力を押し通したらどうなるんだろう？

魔力を送り返す魔法陣が幾つも設置されている。

こちらが魔力を送り込むと、魔法陣側も同程度の魔力を送り返して相殺される。

なるほど。これは良くできている。

だが、これならどうだ。何度も何度も集中して同じ個所（かしょ）を狙う。

送り込む魔力に強弱を付けたり、幅を広くしたり狭くしたり——。

……ピシッ

そんな音が響いたような気がした。

「あ」

思わず口を開く。

リフが怪訝（けげん）そうな表情を浮かべる。

「どうした？」

「いや、通った」

「なにがじゃ？」

「探知魔法が通った」

「は？」

『なに言ってんのこいつ？』そんな表情だ。

周囲も状況を把握しかねている様子で訝し気に俺のほうを見ている。

「魔法を阻害する魔法陣をなんとかして壊せないかなって思ってさ、相殺しきれないくらいの魔力を大量にぶつけたら破壊できた」

「へぇ!? そもそも魔法陣の位置を把握できておるのか!?」

「ある程度なら。巧妙に隠されているが探知魔法が跳ね返される周辺を丁寧に探れば見つけられる」

「遠隔でそんな……この魔法陣は操作が容易なマジックアイテムとは全くの別物なのじゃぞ？ いや、奴隷の首輪を外せるお主なら可能なのか……!?」

鬼気迫る様子でリフが言ってくる。

しばし唖然とした様子でリフがポケーとしているが、我に返って俺の目を見た。

「探知はこのまま続けられるのか!? どれくらいまで進める!?」

「まだ余裕だ。今も魔法陣を壊しながら進んでるよ」

どれくらいの大きさがあるのかは分からない。

もう軽く一つの森林を埋め尽くすほどまで進んでいる。

しかし、こうしてみるとかなり大きい。

蠢いている魔物は上位ランクばかりで知らない魔力の気配もあった。

こんなのが外に出て暴れたら、たしかに面倒そうだ。

「「……！」」

考え込んでいると、押し黙っている周囲の様子に気づく。

とりあえずリフに尋ねる。

「ある程度でいいから、どれくらいの大きさか分からないか？」

「……今、どれくらいまで分かっておる？」

「えーと。今さっき十三の分岐路がある空間を通った。うち八つは行き止まりみたいだが」

「そんなとこまで誰も進めておらんわ！　全容なんてものは把握できておらん……もうお主に任せる。目標地点まで辿り着いたら教えてくれ！」

やけくそ気味にリフが言う。

まぁ、あとは探知魔法が行き渡るまでの待ち時間というわけだ。


それからしばらく。

ようやく一番最後の行き止まりに辿り着いた。

大きな空間だ。

まるで祭壇のような場所で、中心部の壇上に丸いものが置かれている。おそらく水晶だろう。

その水晶はダンジョンの随所と魔力で繋がっているマジックアイテムだ。

「多分ここが最深部だな、ちょっくら転移で行ってくる」

「い、行けるのか!?」

「ああ、すぐ戻ってくる」

転移、と言おうとして裾が握られる。

見てみるとユイが握っていた。

「私も行く」

「すぐ行って戻ってくるだけだぞ?」

「万が一」

押し切るようにユイが言う。

どうも不自然ではあるが、ここで無駄に拒絶する意味も見出せない。

「な、ななな、なら私も!」

「ソリア様が行かれるのであれば、私も同行いたします」

ソリアとフィルも付いてくるようだ。

しかし、ユイはそんな二人に無感情の眼を向ける。

「いらない」

「なっ。貴様っ、ソリア様に対して『いらない』と言ったか!?」

「魔力の浪費。それに万が一、ジードと私が外に出れなくなったら?」

「……ちっ。だとしても言葉選びというものがあるだろう」

迎えに来るのは貴女たち、と言わんばかり。

「ま、まぁまぁ。私は気にしていませんから」

一触即発。フィルは剣を抜きかけている。なかなか危うい。

パーティーとはこんなものなのだろうか。他を知らないためなんとも言えない。

クエナやシーラ、スフィとはパーティーを組んでいるが、まだ一度も依頼を行っていない。それでも普段は決して剣呑な雰囲気になったりはしないのだが。

「それじゃ、行ってくるぞ。転移」

ユイを連れて探り当てた空間に飛ぶ。

明転して光景が変わる。

松明を模ったマジックアイテムが四方の壁に幾つも設置されている。未だに魔力で稼働しており、辺りは薄暗い程度で視界は確保できる。

大きさも前もって確認したとおり、広々としている。

人を百人は余裕で収容できそうなくらいある。天井も三メートルほど。

中心部の祭壇は木製で、上に乗せられた緑色の水晶が怪しく光っていた。

「これだな、自壊のマジックアイテムとやらは」

周囲に魔物の気配はない。

一方の壁に豪奢な扉が備え付けられており、その向こうからは数体の魔物の存在を探知しているが、こちらに入ってくる様子もない。

すらり、と刀身が鞘から離れる音がした。

「――」

音のほうに振り向くと黒色の刀身が迫り――咄嗟に身体の上半身を仰け反って避ける。

「なんの真似だ、ユイ」

「……」

短刀を振るった主は言うまでもなくユイだった。

洗脳も催眠もされた形跡はない。

明らかに彼女の意志だ。

「敵対行動はないと思っていたが？」

「これは敵対行動ではない」

「じゃあなんだ」

「試す――」

ユイの短刀が空を切った。

どうやらフィルとの試し合いの時の『ジードは後』というやつが今らしい。

なぜ、このタイミングで。

聞きたいことは色々とあるが。

幾重もの残像を見切って避ける——。

「——これでいいか？」

フィルとユイが斬り合った時ほどの時間が経った。

そろそろ終いだろうと問う。

ユイはなにも言わずに剣を仕舞う。

「今度はジードの番」

「……は？」

「攻撃してこなかった。だからジードの番」

ユイが両手を大きく広げる。それは攻撃を受けようとしている体勢だ。

俺から攻撃をしなかったのが不満らしい。

おいおい、正気か。

「こんなとこで殴り合うつもりはない。なにを考えているんだ」

「ここ以外ない」

「それはどういう意味だ？」

「あなたの実力を測る」

「それならおまえの攻撃を避けきった時点で認めてくれよ」

「ジードからの攻撃もいる。広範囲の探知魔法も高度な転移魔法も扱えるから一定の実力があることは分かっている。その上で試す必要がある」

ユイの言葉には静謐ながら確固たる意志がこもっている。

試す『必要がある』か。言葉の真意に疑念を抱きながらも人差し指を曲げて、先端を親指に重ねる。

いわゆるデコピンというやつだ。

指先をユイのほうに持っていく。

「まぁ別に構わない。だが、言ったからには堪えろよ」

「？……ふざけな――」

なにか言おうとしてユイが全力で顔を逸らした。

空を切った指が轟きを響かせる。

軽やかな動きに似つかわしくない重々しい音がユイの耳元で鳴ったことだろう。

その証にユイの短い髪が風になびいている。逃げ遅れた髪が風と共に壁に叩き付けられた。

「これ……は!?」

「攻撃だよ。ただの」

「魔法……？」

「魔力は使っている。魔法でもあるし、近接技でもある」

「……魔法じゃない？　でもこの威力は」

ユイが熟考する。

指先を顎に当てて起こったことを反芻しているようだ。

それでも答えを見つけられなかったようで目を合わせてきた。

強さを探求している者の目だ。

「どういう仕組み？　明らかに人外のその先にある力」

出会った時より饒舌になったユイが、わずかながら顔を上げて嬉々とした様子で問いかけてくる。

「その前に俺からも聞く。明らかにパーティーメンバーの力試しとしてはやり過ぎだ。これはどういうことだ？」

「……」

先ほどとは打って変わってユイが静かになる。

「答えられないなら別にいいさ。さっさと水晶を取って帰――」

「……」

向き直ってマジックアイテムを取ろうとした俺の背中にユイがぶつかってくる。

突然のことだが敵意はなかったので無理には避けなかった。

身体に異常はない。

「なんのつもりだ」

首をひねって振り返ると背中にユイが密着していた。

抱きつかれている。

「あなたを口説く」

「なにを言っている？」

「あなたをハニートラップする」

「不自由だけどなんとなく伝わってくる言葉遣いだな……」

目的は分かった。

そして、理由も目星がついている。

「帝国の意志で、ということだな」

「ん」

端的な答えだ。

同時に身体を揺すりながら女性的な部分を淫靡(いんび)に使い、情欲を掻(か)き立ててくる——。

かつての俺であれば動転して頭が働かなかったことだろう。

しかし、今の俺は違う。

シーラに鍛えられた（？）女体耐性によってほとんど効かない。いや、少しは効いている。いやいや、本当はめっちゃ効いている。

「ルイナ様が言っていた『手籠めにするためなら身体を使っても構わん！　とにかく落とせ！』と」

「……それ本気なのか？」

ユイが気迫の乗っていないルイナの真似をする。

その言葉の裏は『どんな手段を使っても構わない』という意味なのだろうが、ユイは不器用なのか身体一つで実直にこなしている。

「あなたが帝国に来るならなんでもする。私はこういった経験ないけど好きにしていい」

むにっ、と厚い軍服の上からでも分かる柔らかく大きい双丘が押し付けられているのを感じる。

なんでも……する？

バカな。ありえない。たった一言になぜここまで心が揺り動かされている。

シーラのおかげで耐性がついたと思ったのに……！

脳裏でシーラの『理性』の二文字が左右に描かれたおっぱいと、ユイの『エロ』が描か

れたおっぱいがぶつかり合っている……！
がんばれシーラ！
勝ってくれっ！　俺の理性を勝利に導いてくれ！
いや、待て。
よく考えたらこれどっちもおっぱいじゃねーか！
シーラが勝ってもシーラのおっぱいに屈するわ！
ダメだ。
これ以上は考えるな。
下半身を鎮めろ。
考えるのはそう……ゴブリンの一物だ。
でかでかと一本の腕のように聳え立つそれ！
キラリと輝かしい眼にドヤッとして自慢してくる男の武器……！
ゴブリンのち○こ
ゴブリンのち○こ
ゴブリンのち○こ
あっ………鎮まった。
我ながら馬鹿らしい想像をしてしまったが……。

今がチャンスっ！

「……帝国に行くつもりはない。勇者協会を利用して神聖共和国を侵略しようとした件もある。良い印象はない」

「力がないから滅ぶ、力があるから栄える。それが世の理」

ユイを押しのける。

力を求めるあまり壊れていく組織を見た。クゼーラ騎士団だ。

力に溺れることで壊れていく組織も見た。勇者協会だ。

帝国の行く末は今の俺には泥沼のように思える。

力があったら滅びないのか。

力があれば栄えるのか。

ユイの言葉には違和感しか覚えなかった。

「少なくとも、俺は帝国に興味がない。そして今は依頼中だ。これ以上はなにもするな」

改めてマジックアイテムの水晶を手に取る。

なんとか断ると、ユイが表情を変えないままジッとしていた。

「今は分かった。けど、これも任務だから」

「……おう」

つまり諦めないってわけだ。

嫌な予感を覚えながらも誘惑なら屈しなければいいと思い、「転移」と口にした。

再びの明転の後に心配そうな顔をしているソリアが目の前に現れた。

「お、おかえりなさいっ。怪我はしていませんか!?」

「ああ、問題ない」

「よかったです……」

「むっ、ジード。それが自壊のためのマジックアイテムかの」

ソリアの次にリフが声をかけてきた。俺が手に持つ水晶を食い入るように眺めている。

彼女なりに魔力の流れを探っているようだ。

「ああ、これで間違いないだろう。おそらく地中の柱とでも言うべき部分を壊すものだ。もしも使えば、ここら一帯どころか人族の領地の地形が大きく変わるかもしれない」

「ほう。しかし、全体図は摑めておるのだろう？　マッピングを頼めるか？」

リフが丸めた大陸の地図と白紙を広げ、最後にペンを出した。

ここにダンジョンの全容を書き記せ、ということだろう。

「これまた面倒な仕事だな」

「自壊させた際の被害を食い止めねばならん。そこまでしてようやく功績となるからの」

「被害を食い止めるってのも俺らがやるのか？」

「いいや、そこからはわらわたちがやるでの。そこまでの激務はさせんよ」

「そうか。でもマッピングって言っても大きくて複雑すぎるからここでは描ききれない。帰ってから描くよ」

「それほどか？　まぁ良いじゃろう。では、ひとまず今日は解散じゃの」

リフの一言で周囲から『グデー』というような、気落ちしたオーラが伝わってくる。

ディッジが声をかけてきた。

「結局おまえさんがいたら俺ら必要ないじゃないか」

それは苦笑いとため息がないまぜになった言葉だった。

リフが申し訳なさそうにする。

「すまんの、皆の衆」

「いや、誰も謝る必要はねえよ。ジードが想定外すぎる」

ディッジのフォローに半ば諦めのような感情がこもっていた。

それを聞いて猛烈に罪悪感を覚える。

「……なんか、すまん」

「バカ言え。おまえが一番謝るな。むしろ俺たちがなにもできずに申し訳ないわ！」

見てみると、誰もがやるせなさを感じているようだった。

ああ、なるほど――。

「ならマッピングを手伝ってくれないか？　これは俺だけじゃ今日中に終わりそうにない。それに正確に描き写さなきゃいけないだろうから骨も折れるだろうし」

「お！　そうか！　俺で良ければ手伝うぜ！」

「俺もだ！　この依頼のために数日空けてるんだ。金の分は働かせてもらわねぇと受け取る気にもならねぇよ！」

「べつに俺は働かなくて金もらえるなら旨いが……まぁ流れには乗るよ」

と、召集を受けていた冒険者たちが乗ってくれる。

その中にはソリアやフィルの姿もあった。ユイはこちらを一瞥した後に姿をくらましていた。

「くふふ。『カリスマ』の片鱗じゃの」

そんな俺たちの姿を見て、リフはどこか楽し気に笑っていた。

◇

大仕事だったマッピングが終わり、あとは自壊の対策をリフたちが講じるだけとなった。

あれからしばらくして、俺はクエナとシーラに合流した。

目的はパーティーとしての活動を行うため、依頼を遂行するためだ。

大きな森に入り、最近になって村を襲ったりしているAランクの魔物である破狼(はろう)の群れを討伐する。

「ふぅ。これで終わりね！」

「まぁ、こんなものかしらね」

シーラが額の汗を拭って一仕事終えた感じを出しながら、シーラ側の最後の一匹を倒した。

隣ではクエナも同数くらいの破狼を倒していた。

「また見ないうちに腕を上げたな」

「……あんたはいつ見ても強くなったかどうかすら分からないわ」

クエナが嫌みっぽく俺の背後に積まれた破狼たちの死骸を見ながら言った。

「私とクエナの分を合わせてもおつりがくるレベルねっ。さすがジード！」

「あんたも持ち上げない。むしろ討伐数が同じくらいないと私たちの立つ瀬がないわよ」

「まぁでも、これならカリスマパーティーにも勝ったんじゃない!?」

シーラがウキウキしながら言う。

満更でもなさそうにクエナも頷(うなず)く。

Ａランクの魔物の群れの討伐。これはＳランクの依頼だ。

カリスマパーティーをライバル視している彼女たちからしてみれば、とても良い実績となるだろう。

その最中、ピピッとギルドカードが鳴る。

取り出してみると【緊急速報】と書かれた記事が更新されていた。

内容は――。

「地下ダンジョン・イルベックが攻略された!?」

「え、うそうそ！　クエナ、それどこのパーティ…………」

カードを取り出していたクエナと、その背後から覗き込むシーラ。

記事を見たのだろう。

しばし驚愕した様子でカードを眺めていた二人が、ぎこちなく首を回して俺のほうを見てきた。

「もう自壊のマジックアイテム使ったのか。はやいな」

恐ろしく迅速な行動に俺も驚く。

先んじて対処法を立てていたのだろうか。

「なによそれ！　聞いてないんだけどジード！　イルベックっていえばＳランク指定の最大級ダンジョンで毎年すごい被害が出てるのに！」

「ほら、立つ瀬ないって言ったでしょ。こういうところよ」

シーラは半ば興奮気味に、それを窘めるようにクエナが続いた。

「悪いな。攻略の件は口止めされてたんだ」

先ほどまで破狼の群れを倒したことで息巻いていたシーラが膝から崩れて落ち込んでいる。分かりやすいな。

「こ、これがカリスマパーティー……」

カリスマパーティーと言っても自壊のマジックアイテムを取ったのは俺なんだよな。

その後の対処やマッピングはお願いしたけど。

まぁ、そのことは黙っておこう。

クエナやシーラにも良い刺激になるだろう。対外的に見てもカリスマパーティーの実績として残しておいたほうがギルドにとっては良い。

ただ、ギルド側が俺に忖度しているようで記事には「ジード」の三文字が大々的に出ていたが。

「こ、このままではダメよ……！　どんどん差がつく一方だわ……！」

シーラがクエナに縋りつきながら言う。

鬱陶しそうにしながらもクエナが片眉を下げる。

「でも、功を焦ったところで自滅するだけよ」

「作戦会議！　そう！　作戦会議をしましょう！　ジードが泊まってる部屋で！」

シーラが目を輝かせる。

「それ、あんたが行きたいだけでしょ」

「慰めが必要なのだー！　作戦会議しましょーよー！」

うわぁん、と少し涙目になりながらシーラが手と手を合わせて懇願する。

……随分と忙しないやつだ。

「作戦会議って言ってもなに話すのか分からないが、まぁ俺は構わないよ」

「本当に！　いいの!?」

俺が言うとぱぁっと花のように笑顔が咲く。

「調子いいわね……」

呆れ半分、慣れ半分でクエナが俺の気持ちを代弁した。

◇

「おお、ここがジードの泊まってる宿……！　下見してた外よりも中は綺麗なのね」

「待て、下見ってどういうことだ」

シーラが不穏当な言葉を漏らした。

だが、あははーと笑いながら流して答えようとはしていない。これからは常に空間把握の魔法を使っておかないといけないのか……。

部屋はシングルベッドが一つに、クローゼットが一つ、風呂場と便所が一つ、あとは椅子とテーブルが一つ。

それらが手狭に置かれているのが宿泊している部屋だ。

「ねぇねぇ、ジードも家を買わないの？」

「あんたも家を買わずに私のとこに泊まってるだけだけどね」

シーラの問いにクエナが突っ込む。

こいつら一緒に住んでいるのか。

「家か。買おうとは思っていたけど、家事とか税金の手続きとかが面倒なんだよな」

宿は勝手に掃除してくれるし、食事も手配できる。

なんだったら外に行けば露店やら食事処(どころ)があって、わざわざ作る必要がない。

なにかを売買する時やギルドの依頼の仲介費で税を取られることもあるが、宿に泊まれば住民税などは払う必要がない。

「なら私を生涯雇用すればいいのに。税金の管理だって学んできたわよ？」

「隙あらばアピールするの止(や)めなさい。ジードも隙を作らないの」

「え、俺が悪いの？」

「そんなこと言って。クエナもジードにアピールしたいんでしょ〜？」

「な、なに適当なこと言ってるのっ！　ええいっ、手をわきわきするのやめなさい！」

「ぬふふー、クエナの感触が病みつきになってしまったシーラちゃんは止められないわよっ！」

そんな会話をしながら二人が絡み始めた。

作戦会議とやらはどこへ行ったのだろうか。

でも、和気藹々（わきあいあい）とした様子を見ていると思う。

カリスマパーティーのどこかビジネス感のある関係よりも、こちらのほうが『パーティー』って感じがする。

まぁ、それはあくまでも俺の感性の問題だ。

「——むむ。ジードが別の女性のことを考えている気がする」

シーラが的確に言い当てる。

一瞬だけ思考を読み取る魔法でも使われたのかとすら思った。

「そんなことより作戦会議の話をするぞ」

「なにをぅ！　私からしたらそんなことじゃないもん！」

「なにしに来たんだよ……」

シーラがむくっと頬を膨らませながら迫ってくる。

珍しくクエナも諫めない。単純にシーラとの絡み合いに疲れた様子でもあり、どこか聞き入っている様子でもあった。

「ジードって女っ気ないの？」

ふと、シーラが尋ねてくる。

女っ気というのはつまり恋人関係的なことだろう。

「そんなのいるわけないだろ」

「うっそだー！　絶対いるでしょ！　こうしている間にもジードと関係を持った人が扉をノックして会いに――」

こんこん

シーラの言葉と部屋の扉が叩かれたのは同時だった。

ありえないレベルの偶然だ。

部屋にいる誰もが息を呑んだ。

シーラが額に汗を浮かべている。

「いや、え、冗談だったんだけど」

「……待て。俺に客人なんているわけがないだろ。宿のおばちゃんだよ、きっと掃除に来てくれたんだ」

なぜか変な空気になってしまったが、掃除に来ることはよくある。

床の雑巾がけやベッドのシーツを替えてくれるのだ。

人がいないか確認するためにノックは当たり前だろう。

いつもの『部屋の掃除に来たよー！』という元気な掛け声がないのは喉でも痛めているのだろう。

きっとそうだ。

そう思いながら扉を開ける。

黒髪のおかっぱ風美少女――ユイがいた。

「……」

「……」

俺は声をかけられず、ユイも相変わらずの無口のまま立ち竦んでいた。

「パーティーになって数日も経ってないのに……もう手を出したの!?」

そんなシーラの憚らない大声が場を占めた。

「入る」

ユイが端的に言う。部屋に入ってベッドの上に座った。

その隣でガン睨みしているシーラと、椅子に座っているクエナ。

俺はそんな部屋の様子を見ながら壁に寄りかかっていた。

重苦しい空気の中でシーラが開口一番に言った。

「正妻は私よ」

「待て、なんの話してんだおまえ」

いきなり惚けた会話が聞こえた。

シーラもあのフィル並みに暴走を始めているのではないだろうか。

騎士ってやべえ連中の集まりなのか？

ユイが興味なさげに横目でシーラを見た。

「……で？」

「むきー！　その余裕が腹立つわ！　私なんてジードにおっぱい揉まれたのよ!?」

「待て、おまえが触れさせたんだろ」

いつの間にか記憶が改ざんされている。

ユイにマウントを取るためとはいえ、さすがに俺が加害者的に扱われるのは心外だ。

「……私もジードの身体と接触した」

そんな俺の心境を煽るかのようにユイが言った。

もうだめだ。

言論の歪曲がひどすぎる。

「は、はぁぁ!?　ジード！　私とはお遊びだったの!?」

「俺は無実だ……」

もはや反論する気力も残らない。

一か月間フルで働いていた時よりも疲れている気がする……。

「それで、あなたはなにしに来たの」

クエナがユイに尋ねた。

敵意を感じるオーラを醸し出している。

「ジードとダンジョンの続き」

シーラが目を見開く。

一人の男の部屋に来て、この言葉。

簡潔な言葉だが誤解を招くには十分すぎる材料だろう。

いや、誤解もクソもないのだが……。俺からしてみれば誤解であり、俺は被害者だ……。

クエナが続いて聞いた。

「続きって言うのは？　なにをしに来たの？」

「ん」

ユイが俺に向かって手を大きく広げる。

来て、と言わんばかりに。

その仕草でシーラとクエナが察する。クエナが俺とユイの間に入った。

シーラが自分よりも早く反応したクエナを意外そうに見た。

「なに」

「……それはこちらのセリフよ。それはジードが望んでることなの？」

クエナがユイを睨みながら言う。

おお、シーラなら誤解して喚きたてるところだが、さすがはクエナだ。ユイが一方的に誘惑しようとしていると一発で悟っている。

「それは私が言うことじゃない」

「……っ。そうね。ジードはどうなの？」

クエナが俺を見る。

その眼はどこか不安そうだ。おそらく、これまでユイが目の前で欲しいものを掻っ攫っていったからだろう。帝国に認められ、Sランクにもなった、そんな女性だ。

今度は俺というパーティーメンバーさえも――と不安になっているのだ。

「そりゃ誰だって美少女に迫られたら嬉しいだろ。望むことが罪なら俺は終身刑になっても一向にかまわない」

これが俺の素直な言葉だ。

「――なら私じゃダメなの……？」

クエナが気恥ずかしそうに顔を火照らせながら、とろんっと瞳を濡らす。

情欲を掻き立てる身体つきの美女……ダメなわけがない。

しかし、ここは違う。

「クエナは百点満点を越して一億点だ。けど、おまえは目的を見失ってないか？　ルイナを見返すのがおまえの目的なはずだ」

「でも、私は――！」

「今日は無理そう。また日を改める」

ユイがクエナに言葉を被せてベッドから立ち上がった。

あくまでもマイペースだった。

だが、部屋を出る前にクエナとシーラを一瞥して、

「あなたたちにジードを束縛する権利はない」

そう残した。

重い雰囲気になる一言だった。

かに思えた。

「あいつムカつく！　ちょっと先にSランクになったからって調子に乗ってるわ……！　ジード、クエナ！　特訓いくわよ！　作戦会議の結果＝特訓！」

シーラがむかっ腹を立てた様子で、そう言った。

特訓って。安直だな。
しかも、ようやく会議の議論が始まったと思えば即結論が出てるし……。

第二話　特訓

俺、クエナ、シーラは森にいた。

そこは平凡な森ではない。Sランク指定の――禁忌の森底。俺が住んでいた故郷だ。

日々、強者が強者を喰らって生きる地獄の釜。

今、まさにクエナとシーラも強者と刃を交えている。

そんな姿を遠方の大木の上から魔力で視覚と聴覚レベルを上げて見ていた。

「くぬぅっ！」

シーラが力を込めて声を唸らせる。

魔力で底上げされた腕力は、シーラの華奢な外見ほど弱くない。

だが、シーラの剣に二つの牙を重ねている白銀のフェンリルのほうが力で押していた。

バチリ
フェンリルのまとう白い光が警告の予鈴を鳴らす。刹那――シーラの左右から雷が襲う。

力で押し負け身体も後ろのめりになっているシーラはバックステップで逃げることもできない。

かといって防御することもできるはずがない。

待っているのは死。

だが——クエナが炎を纏った剣でフェンリルの雷撃を薙ぎ払う。

「た、たすっ」

「気を引き締めなさいっ！」

感謝の言葉を漏らそうとしたシーラをクエナが一喝する。

同時にクエナもフェンリルに斬りかかる。だが——別のフェンリルが現れる。

先ほどまでクエナが相対していた個体だ。

シーラを危険から救うためにクエナは戦っていたフェンリルを放置してしまっていた。

——ダメだな。

即座に判断して二人を転移させる。

「ふぇっ⁉」

力の向け先を失ったシーラが俺の足下の巨大な枝に倒れこむ。

隣では汗を垂らしながら剣を上段に構えていたクエナが呆然としていたが、少しして状況を理解した。

そして恨めし気に俺を見る。

「……まだやれたわよ」

「そうよ！　まだやれたわっ！」

額にできた真っ赤なたんこぶを押さえながらシーラも文句を口にする。

「チャレンジ精神は認める。だが、本当にやれると思ってるのか？」

「……そうね。助かったわ」

「で、でも……」

クエナは経験豊富なため、戦いの続きを想像して頷いた。

しかし、シーラはまだ納得できてない様子だった。

「もし、あのフェンリル二匹に勝っていたとする。だが、ただでは済まなかったはずだ。

その後はどうするつもりだ？　おまえたちはこの森で『過ごす』んだろ？　なら傷の一つも受けるな」

特訓の内容。

それは禁忌の森底で暮らすというものだ。

「……うん、たしかに言うとおりね。ごめん」

「謝る必要はない。これも経験だ」

「ふぅ。けど、試験で来た時とは全く違うわね」

「クエナ来たことあるの？」

「あるわよ。ほら、勇者協会の依頼でね。その時は目的の場所を探すだけだから危ない魔物を避けるだけで良かったけど……。それにジードがいたから中心地から魔物が離れていたっぽいし」

　クエナの言うとおり、「通る」と「暮らす」は別物だ。難易度は跳ね上がる。

　この森は特にそれが顕著だ。

　通ることは死を彷彿(ほうふつ)とさせ、戦いながら暮らすことは死を意味する。

　森の全域に多様な魔物のテリトリーがあり、日頃から領域拡大のための戦いが行われる。

　いわば種と種の行く末を賭けた戦い。

　住めばクエナやシーラも自然と巻き込まれていく。

　そんな彼女たちの姿を今回、俺はかなりの距離から離れて見ている。必然的に主クラスの魔物にも会うことになるだろう。

「まずシーラだが、打撃や力を込める際に肉体だけを魔力で強化しようとしてないか？」

「ええ、そうだけど。それが普通じゃないの？」

　シーラが首を傾(かし)げる。

　クエナも不思議そうに静かに聞き入っている。

「第一段階はそれでいい。まず聞くが、どうして肉体は魔力で強化できる？」

「まだはっきりと解明されてないわよね。だから感覚やセンスが大事にされているわ」

「ああ、そのとおり。俺もそう聞いた。だが、実は俺なりに答えはある。魔力によって肉体がある種の魔法そのものになっているんじゃないかって思うんだ」

「身体が魔法に……？」

シーラが片眼を細めて訝しそうにする。

どうにも半信半疑といった感じだ。

「魔力も魔法も実体が掴めていない。だが、自然や体内に魔力というものがあり、イメージすれば魔法が具現化するのはたしかだ。そこで聞くが、魔法を使う時になにか『イメージ』しているか？」

「えーと。対象が壊れたり、吹き飛ばされたりするイメージ……」

言いながら、シーラがハッとなる。

気づいたのだろう。魔力がイメージによって『この世界の理』を改変していることを。

そしてすぐに自分の腕を見て『ぐぬぬ～』と唸り始めた。

「なにしてんだ？」

「いや、イメージしたらムキムキになるかなって！」

そう言うシーラの腕は変わっていない。

どこかその構図はアホっぽくも見えてしまう。

「できるにはできるだろう。理屈の上では魔力を使って自分の肉体をムキムキに改変すればいいんだからな。名付けて『筋肉魔法』ってとこか。ただ適性というものがある。治癒が得意なやつ、炎系統の魔法が得意なやつ。身体強化はできても筋肉魔法の域まで到達するには適性が必要だ」

「むぅ。じゃあできないのか」

「言ったろ、イメージ次第だ。魔力操作をうまくこなせるようになったらムキムキにできるかもしれないぞ」

シーラがムキムキになる姿はちょっと面白いが。

続ける。

「それで、じゃあもしも魔力を身体の外側に広げたらどうなると思う？」

「魔法じゃないなら無駄になるだけじゃないの？」

「それはなにも考えずに魔力を出した場合だろ？　だが、しっかりとイメージすればちがってくるはずだ。魔法を使う感覚で『対象を壊すための腕力』を身体の周囲に纏ってみろ。いわば魔力の筋肉を全身に纏うイメージだ。攻撃が段違いの威力になる」

俺が言うと、グシャッとなにかが破損する音が別のほうから聞こえた。

それは今まで黙って聞いていたクエナのほうからだった。

興味本位で指を木に軽く突いてみたようだ。あっさり砕けた木を見て驚いていた。

「うそ……触れるくらいの力しか入れてないのに」

「むー！　ズルい！　私が教えてもらってたんだよ！　えぇい、今度は私の番！」

と、シーラが手刀で木を叩く。

それはまるで空間を切断するような——。木は溶けかけのバターのようにスルリとシーラの腕を通した。

「あ、やばっ」

シーラの焦った声が聞こえる。

俺はため息をつきながら言った。

「——転移」

クエナとシーラを連れて別の木に行く。

さきほどまでいた木がシーラの手刀によって、綺麗な断面を作って倒れていっている。

「ご、ごめんなさい。まさか威力がこんなにあるとは」

「いや、正直おまえらのセンスに驚いてるよ。普通ならこんな風に言っただけじゃできないと思うんだが。まあシーラは元からある程度できてたか」

だからてっきり、こんなことは知っているものだと思っていたが。

「え、できてたの？……でも、まったく気が付かなかったし、意識もしてなかったんだけど」

「無意識でやれてたんじゃないか。もしくは魔力が意図せず身体から溢れていた可能性もある。どちらにせよ、これから意識して使うことができるようになれば強さの段階がひとつ引き上がる」

俺の言葉でクエナとシーラがにやけ面になる。

これからもっと強くなれることに喜びを覚えているのだろう。

「もう一つ。魔法を生み出す際に魔力の流れはどうイメージしている？」

俺の問いに、まずクエナが答えた。

「私は水が流れるようにって教わったわよ」

「うん、私も。っていうかそれが大陸で一般的に広まっている知識のはずよ」

「身体強化はそれでいい。だが、放出するタイプの魔法は水をイメージしたら細部に不要な魔力が――」

そんなこんなと特訓を続けていく。

◇

一日が終わろうとしている。

高い木々の隙間から赤みを帯びた夕日が差し込み始めていた。

拠点としている野営地に戻る道中で、伸びをしながらシーラが言う。

「んーっ。さすがに汗だくだし、水浴びくらいしたいわねー」

「我慢しなさい。こんな危険な場所で呑気(のんき)に身体を洗っている暇なんてないわよ」

「えぇー」

クエナが冷静に反論した。

たしかに場所が場所ということもあり、水浴びはかなり困難だろう。

だが、シーラが縋(すが)るように俺のほうを見てくる。

「ねぇ、ジード～……」

「……んー……なくはないが」

「本当!?」

俺の言葉にシーラが嬉々(きき)とした声を出す。

それだけ我慢できない、ということだろうか。

「ああ、魔物が少ない水場ならある」

「いいじゃん！　さっそく行きましょうよ！」

「いや、でもな……」

「なによ？」

クエナが催促する。

なんだかんだ言って彼女も身を清めたいのか、乗り気で尋ねてきた。

「魔物が全く近づかないわけじゃない。結局、危険なのには変わりないんだ」

「えー」

「ほら。諦めなさい。なんのための特訓よ」

どこか残念そうなシーラ。

クエナも口ではシーラを窘めていたが、本人も少し口惜しそうな様子を見せた。

しかし、俺の言葉には続きがある。

「ただ……条件を満たせば安全は確保できる」

「「条件？」」

二人の言が被る。

そう、条件。俺が言いづらかった条件だ。

「ああ……それはな……」

◇

「生き返るー！」

シーラがパシャパシャと水が跳ねる音を響かせながら機嫌良さそうに楽しんでいる。

「悪くないわね」

シーラの隣からクエナの声も聞こえた。

彼女も心地よさそうだ。

かく言う俺は……条件を満たすことに集中していた。

それは目隠しをしながら、できる限り彼女たちの傍にいることだ。

近くに俺がいれば魔物は近寄らない。

万が一に備えて探知魔法も展開している。

しかし、これは俺にとって強烈すぎる。

布一枚の先にはクエナやシーラの一糸まとわぬ姿があるのだ。

「ごめんね、ジード。私は別に目隠しなんてしなくてもいいんだけど……」

ぱちゃぱちゃと水をかきながらシーラが近づいてくる。

声音から本当に申し訳なさが伝わってくる。

「良いわけないでしょ。まぁ、悪いとは思うけど……」

「いや、構わないさ。休息も大事だからな」

「えへへぇ。ジード優しい」

いよいよシーラが至近距離にまで近づいているのが分かる。

不意に俺の手を取った。

「ほら、ジードも入ろっ」

「いや、やめておくよ。目隠しをしながら水浴びするなんて器用な真似は……」

「むふふ〜。そこで私の出番なわけですよ！　ジードはただ脱ぐだけで良いのですっ」

乱れた口調でシーラが言う。

シーラの言わんとしていることを想像して色々と限界だった。

鼻血出そう。

そんなシーラをクエナが止めた。

「ちょ、ちょっと。変な拍子にジードの目隠しが外れるとかあったら嫌よ。それに、シーラが本当にジードを洗うだけのつもりだとも思えないんだけど」

「あれれ〜、誰が洗うなんて言ったの？　まぁ、色んなところをゴシゴシしちゃうけどっ」

悪びれもせずシーラが言う。

俺は一体なにをされるんだ……？

「救いようがないわね……。とにかくダメよ。遊びで来ている訳じゃないんだから。それなら私がジードを洗うわよ」

「なにをっ!?　まさかクエナも私と同じ算段なのっ!?」

「ち、違うわよ！　見張ってもらっているのに私たちだけ水浴びするのは心苦しいから、せめて洗うだけでもって……！」

それはクエナの本心だろう。

優しい彼女の考え方が表れている。

だが、煩悩に塗れたシーラの疑り（うたぐり）は止（や）まないようだった。

シーラがクエナに迫る。

「ええいっ！　問答無用っ！」

シーラがクエナに飛び掛かる。

「ちょ、ちょっと……！　んっ……」

目では見えないが、探知魔法で両者の様子はなんとなく分かった。

シーラが蠱惑的に手を動かし、意表を突かれたクエナが胸を揉みしだかれている。

「なんて張りっ。なんてスベスベしたスケベな肌っ！　あああ、素晴らしいー！」

「や、やめっ……」

これはやばい。

意識を遮断しろ。

今日の天気ってなんだったっけ。

「むほほぅっ。ここがいいんかぁっ？　お主も敏感肌よのぅ！」

「ち、ちがっ。そんなんじゃ……！」

昨日の天気は雨だったような気がする。

「よきにはからえーっ」

「……──っ！」

一昨日は晴れだったよな。

　そうだ。晴れだ。今日の天気も晴れだった。

　うん、晴れだ。

「あれ？」

　あやうく理性が吹き飛びかけそうになっていると、不意にシーラの手つきが止まる。

「……はぁはぁ。ど、どうしたのよ」

　今までの激しい絡みによって乱れた息を整えながら、急に解放されたクエナが問うた。

　それに対してシーラは耳に手を当てている。

「なにか声が聞こえない？」

「声……？　いいえ、別に」

「うぅーん？　ジードは？」

「おう、今日の天気は晴れだったぞ」

「ジード？」

　俺の意味不明な返答にシーラが名前を呼び返してきた。

　やばい。意識も飛びかけていた。

「ああ、声だっけか。声な」

　探知魔法で声を発しそうなやつを探る。

　しかし、魔物は周囲にはいない。――これは。

いや、こいつは喋らないだろう。それにこいつの声は聞こえなかった。

耳を澄ませてもなにも聞こえない。

と、なると分からないな。

「俺も聞こえないな。空耳じゃないか？」

「うーん？　たしかに聞いたんだけど」

納得のいっていない様子でシーラが首を傾げる。彼女としては確信があるようだ。

だが、クエナも俺も聞いていないのだからどうしようもない。

それでもシーラはすぐに気を取り直してクエナを見た。

「まっ、いっか。それよりも、あの極楽の感触をもう一度〜！」

そう言ってシーラがクエナの胸をまた揉みに行った。

明日の天気はなんだろう。

◇

「うんっ、おいしいーー！」

シーラが満足そうに骨付き肉を頬張っている。

俺たちは丸焼きのファングを前に食事をしていた。あたりは一面真っ暗で、焚き火と頭上の星々の光しかない。

俺の分の肉を齧る。

ふわっとした脂の風味が口の中を満たす。多少のくどさはあるが、噛み応えのある肉にマッチしている。

「たしかに美味しいな」

「でしょー！　ここの森にあるスパイスや携帯調味料で味付けをして臭みを飛ばしてね！　柔らかさも――」

と、シーラが肉の骨を手先で軽く振りながら言う。

「本当に美味しいわ。とくに今日はいつもより一段と美味しいわね」

「ふふーんっ。これでジードの胃袋を摑んでしまったわ！」

「いや、そんなことしたら激痛でそれどころじゃないぞ」

「そういう意味じゃない……！　これから私の料理が食べたくて仕方なくなるって意味よ！」

「ほー。まぁ、たしかにそれぐらい美味いな」

かぶりつきながら言う。

携帯調味料と森の中で採取したっていう草葉なんかでこれだけの味を出せるのなら本当に腕が良いのだろう。

「ぬふぅ～っ」

俺の褒め言葉にシーラの身体が嬉しそうに左右に揺れている。

だが、ふとシーラが森の一点を見た。

真っ暗なはずで三メートル先もよく見えない深い森なのだが、シーラは確実になにかを見つけているようだった。

「あれ。やっぱり声しない？」

シーラがポツリと言う。

言われて俺とクエナが耳を澄ませる。

魔物が遠くで暴れているのか、魔物の断末魔の叫びが聞こえる。

だが、この森ではそれくらい日常茶飯事だ。取り立てて言うほどのことではない。

「また？　なにが聞こえてるのよ？」

「人の声のようなものが……『起こして』って」

シーラが徐に骨を置いて立ち上がる。

それからじっと見ていた方向に歩みだす。

俺とクエナは顔を見合わせてシーラの後に続く。

声は聞こえないが禁忌の森底は危険地帯だ。どちらにせよシーラを一人にすることはできない。

しばらく歩いていたシーラが足を止めた。

「あれ、今度はこっちから聞こえる……？」

シーラが両の眉を寄せて顎に人差し指を当てながら怪訝そうにする。

そんなシーラの姿に後ろ髪を掻いて言う。

「これから休もうって時に解くのも面倒だから言わなかったが、ここは幻を見せる鳥の巣だ」

「え、巣？　でも、そんなものはなにも……」

シーラが辺りを見回す。

「言ったろ？　『幻』を見せるんだ。こうやって解けば――姿を現す」

なにもない空間に手をかざして鳥の魔法を掻き消す。すると本当の森の姿が現れる。

数羽の鳥が俺たちの近くの木にとまり、その奥には無数の鳥――とくに子供――が固まりながら眠っている。

しかし、俺たちの出現と魔法の消滅で危機感を抱いたのか、大群は慌ててバサリと夜の空に消えていった。

「あれが幻を生み出す鳥だ。気づいていないだけで、さっきから俺たちはあいつらに何度も同じ場所を歩かされていた。まぁ、害はないし、やつらの巣を見つけ出そうとしない限り悪意を持って人を惑わすやつらでもないから放置していたんだが、迷惑をかけてしまったな」

しかし、鳥が幻を見せていたにも拘わらず、シーラは一定の方向へ真っすぐ進もうとしていた。障害物の幻を見せられて同じ場所を歩く羽目になっていたが、シーラにはたしかに『声』とやらが聞こえているようだ。声の正体は俺も気になる。

「ほぇー。そうだったのね……あ、でもさっきより声が近い！　こっち、こっち！」

「ちょっと、本当に聞こえるの？　危険な魔物かもしれないわよ？」

「あの鳥が巣を張っていたということは、この近くには危険度の高い魔物は住んでいないと思うぞ。ていっても、俺もこの近くに来たことはないんだがな」

実はあの鳥は一度だけ焼いて食ったことがある。

しかし、それ以降は絶対に食べられたくないという執念からか、常に俺の周りで幻を見せてきて面倒で仕方がなかった。

一度だけ魔法をぶっ放したら近づいてこなくなったから良かったが、もう関わりたくないのでやつらの巣であるここら辺には近づかなかった。

「……あ、あそこから聞こえる！」

そう言ってシーラが指したのは一筋の月明りが照らす幻想的な場所だった。

冷たい感触が鼻を撫でる。

どす黒い魔力を波のように放つ——黒い剣。

盛り上がった地面に深く刺さっていた。

「あれって……どう見ても邪剣じゃない。どうして、あんなものがこんな場所に……」

「俺もあんな剣があるのは知らなかったな」

「あの子が抜いてって言ってるわ！　ねぇねぇ、抜いてもいい!?」

顔を煌めかせながらシーラが言う。

「ダメに決まってるじゃないの。どう見ても禍々しいでしょ……ってこら！　勝手に行かないの！」

俺たちに尋ねている風だったが、もはやシーラの中で抜くことは確定だったようだ。

クエナが俺のほうを見る。

俺からも説得をしてくれ、ということなのだろう。しかし、

「見るに、シーラは別に魔法にかかっているわけじゃない。あれは相性的な問題だろう。いずれにせよ、どんな形であれシーラの手に渡る運命だったさ」

「元騎士が邪剣と相性バッチシって……どうなのよ」

「どちらにせよ万全の対策はするさ」

言いながら魔法陣を展開する。

拳サイズの小さなものを十個ほどシーラと邪剣を囲うように配置する。

なにかあれば魔法で動きを止める。

「抜くわよー！」

「ええい、もう勝手にしなさい！」

クエナも自棄（やけ）になりながら了承する。

それを合図にシーラが剣を抜く。

するり、と、深く刺さっていた剣がいとも簡単に引き抜かれる。

「うっ、こ、これはっ……！」

シーラが抜いた邪剣を手放そうともせず、深刻そうな顔つきになる。

邪剣の魔力がシーラに纏（まと）わりついている。

これは。

「おい、シーラ、大丈夫か」

もしかしなくとも乗っ取られている。

「ぐぬぬ……これでも私は元は高潔な騎士！　簡単に乗っ取られは『うふふ♡　ジードさぁん』……くっ。意識が……『私といいことし・ま・しょ♡』……やばい。私が私じゃなくなっていく……！」

苦しみの声と淫靡（いんび）な発言が交互に繰り返される。

……しかし、これは。

「えーと。どこか変わったか？」

「『え!?』」

シーラと邪剣。

両方の声が重なって驚愕の様子を見せる。

隣でクエナが神妙に頷く。

「たしかに。これじゃあ元のシーラと同じじゃないの」

『うそでしょ!? あんたどれだけ禍々しいのよ!』

「邪剣に言われたくはないわよ!」

シーラが一つの口で二つの人格の言葉を発して会話をしている。

なんとも奇妙な光景だ。

『負けたわ……まさか邪剣よりも歪な人間がいるなんて……』

「ちょっと、私が歪んでるみたいに言わないでくれない!?」

『いや、そうでしょ』

「まぁたしかに最近のあんたは歪んでるわよ。それがあんたなんだろうけど」

「なによそれー! 私は『元』とはいえ清廉潔白な騎士なのにー!」

「おまえら、明日も特訓だぞ。無駄な体力を使うなよ……」

ただ、邪剣の魔力を纏っているシーラは不気味な強さを醸し出していた。

◇

真夜中。

一時間半交代で仮眠を取る。今はシーラが起きている番だ。

ちなみに俺は横になっているだけで眠ってない。

そもそもこんな危険地帯では目も閉じたくない。意識を薄ぼんやりとさせながら身体の疲れを取っている。

ふと、声が聞こえる。

「止めないで邪剣……！　私はジードの寝込みを襲うのっ」

『ちょ、ちょっと、それはさすがに……』

「既成事実を作って幸せな家庭を築くのよっ。子供は百人がいいわ……！」

『百人!?　物理的に可能なのそれ!?』

「不可能なんてない！　可能にするのよ！」

『かっこいいけど！　かっこいいけどさぁ！』

なんだ、この物騒な会話。

すっかり邪剣と打ち解けているようだ。

「それじゃあ行くわよ……！」

『待って、待って。ダメよ。婚前の男女がそんないかがわしい……！』

「止めないで邪剣っ。これは運命なの！　私とあなたが出会ったようにこれも運命なの！」

『うぅ……そう言われると止めづらい……！』

一人会話をしながらシーラが顔を近づけてくる。

シーラの温かい息が顔にかかる。

なんだろう。全体的に良い匂いがする。

え、これ起き上がっちゃダメなんだよな。

もう真ん前にシーラがいることだけは分かる。

自分の心音が聞こえる。いや、これはシーラのか？

それも分からない。

未だかつてないほどの興奮が……！

『やっぱりだめ！　せめて結婚してからにして！　じゃないと私がもたない……っ！』

「なにを怖気づいているの、邪剣！　今がチャンスなのよ！」

『なんで邪剣の私があなたの夜這いを止めてるのよ！　本当ならこれ逆の立場が然るべきなのに！　とにかくダメよ！　これ以上は私がもたないわ……！』

「むぅ」

邪剣に窘められ、シーラが収まったようだ。

『情けない邪剣でごめんなさい……本当ならもっと邪悪でいたいのに……』

「いいのよ、大丈夫。あなたのおかげで、より強くなれる気がするの。あなたがいてくれることは私にとってはラッキーなんだから！」

『シーラ……！』

「それにこれから慣れていけばいいだけよ……ぐへへ」

『シーラ……』

一件落着的な流れでシーラと取り憑いている邪剣が一人芝居を終わらせる。

仲が良さそうなのは素晴らしいことだ。

そう思ったが。

「なんてねー！　人に諭されて諦めるような人間じゃないわよ、私はー！」

『ちょっとー!?』

綺麗に終わらない。

いよいよ襲われるっ。と思ったが――。

コッ

という音がする。

ばたりとシーラが倒れた。

「おいおい、物騒だな」

「……気づいてた？」

「当たり前だろう──ユイ」

随分と前から俺たちのことを監視していた黒髪の少女、ユイを見る。

シーラの首筋に手を落として眠らせたようだ。倒れている。

「続き、しよ」

「しないわ！」

その言葉の意図を理解して一瞬で突っ込んだ。

どうにも諦めが悪い。

「どして？　さっきは起きてたのに抵抗してなかった。私じゃ……足りない？」

ユイが豊かな胸元に手を当てて尋ねてくる。

魅力がないのか、と問われているのだ。

「……違う。帝国に入るつもりがないだけだ」

「なぜ？」

「俺が以前所属していた組織に似た臭いがする」

「クゼーラ王国旧騎士団？」

事前に俺の情報は把握済みというわけだ。

あっさりと言ってのける。

シーラに気取られないような動きと言い、隠密系の技術に精通している。いつだったかリフが言っていたことは本当だったようだ。

「そうだ。仕事でロクに眠れなかった上に、給金だって最低限だった。そこと同じ臭いがするよ。むしろより闇が深いような……」

「ん、否定はしない。けど一点だけ誤りがある」

「誤り？」

ユイが俺に近づいてくる。

そして人差し指で俺の唇を撫でる。

「報酬は法外なほどに弾む。金銭を望めば望むほど。土地を望めば望むほど。権力や地位を望めば望むほど。すべて力に応じて思いのまま。女体だってそう」

景気の良い話だ。

実際にウェイラ帝国は強大な国だ。力があれば成り上がり、願ったものは与えられる。それが無理を通して道理を引っ込ませる。

こうしてリフから『英雄格』と直々に褒められた美少女が迫ってくるのも、ウェイラ帝国の思想の説明になっている。解釈に誤解がありそうなところは、さておきだが。

しかし。

「だからといって上に功績を取られないという証拠にはならない」

「ふむ」

「俺がギルドを気に入っているのは、とくにランク制やポイント制だ。依頼受理は個人に任せられているし、報酬に見合った依頼を選ぶのも自由だ」

あくまでもギルドは仲介組織に過ぎない。

結局、俺のような組織不信気味の人間からしてみればギルドが一番落ち着く。

「だから悪いがおまえを受け入れることはない」

「……分かった。でも、ルイナ様は貴方を逃さないと思う」

ようやく諦めてくれたようだが、不穏な言葉をユイが残す。

……しつこいな。

正直こんなことが続くようなら俺も耐えられる気がしない。理性的な面で。

なんらかの対処法を考えておかなければいけないな。

ユイが影に溶けていく姿を見ながら、そんなことを思った。

◇

それから一か月が経った。俺たちは焚き火を囲みながら昼の休憩を取っている。

俺はシーラとクエナから頼みを受けていた。

それは俺に特訓を付けてほしい、というものだった。

ただし、途中で指名依頼や緊急依頼が来たらそちらを優先する決まりにしていた。

だからこそ、冒険者カードが鳴り響いた瞬間は中断の二文字が頭に浮かんだ。

しかし、俺のカードには通知が来ていない。

クエナとシーラだけに送られているようだった。

「なんの依頼だったんだ？」

新しい木をくべながら尋ねる。

彼女たちはこの一か月で十分すぎるほど強くなっている。それこそ、もう特訓なんて必要がないくらいに。

最初は限界ギリギリの疲労感溢れる顔つきだったが、今や禁忌の森底の只中でも余裕の笑みを浮かべていた。

まぁ、俺が傍にいると魔物が寄ってこないから、俺といる時は安心しているという面もある。

俺が離れていると魔物は容赦なく二人を襲う。それでも今やクエナとシーラは、ほとんどの種を相手にできる実力を持っていた。

魔力を身体の外に纏う術も会得している。

だから割の良い依頼が来たなら特訓はもう終わりでも良い。

　しかし、シーラがカードをポケットに戻した。

「Bランク以上が対象の緊急依頼よ。戦争だって。スティルビーツ王国とウェイラ帝国がやり合うらしいわ。スティルビーツ王国が援軍派遣要請を出してきてる」

「へぇ。てか、おまえいつの間にBランクになったんだ？」

「ふふん。やればできる子だから！」

　キラリッと星を煌めかせながら張った胸が揺れる。

　まぁ、実力的にはもっと上にいても良いとリフも言っていたくらいだ。

　これくらいの昇格速度が妥当なのだろう。

「あれ、ていうかBランク以上なら俺にも依頼が来るはずだが」

　俺の疑問にはクエナが答える。

　彼女はカードをポケットに仕舞っていない。

「おそらくウェイラ帝国が相手だからよ。カリスマパーティーにユイが入っているでしょ？」

「うん、そうだが……ギルド側の忖度か」

「そりゃね。パーティーメンバー同士がぶつかり合うのは避けたいでしょ」

「あれ、ユイってウェイラ帝国を抜けたわけじゃないのね」

「掛け持ちでしょ。面倒だからふたつの組織に所属する人は少ないけどね」

クエナが相変わらずの情報通っぷりを見せている。

ふと、気になる。

「クエナは受けるのか？　この依頼」

シーラと違ってクエナはポケットにカードを仕舞わず依頼を見ている。

少なくとも興味はあるみたいだ。

「……まぁね。ウェイラ帝国が敵だから」

姉を見返せるチャンスというわけだ。

しかし、シーラは快く思っていないようで苦々しくクエナを見ている。

「これ、明らかに負け戦よね？　小国のスティルビーツと列強のウェイラ帝国じゃ……」

「負けそうになったら即座に退散するわよ。参戦するだけでお金がもらえるみたいだし、やれるところまでやるわ」

「むぅ」

クエナが余裕の笑みで言う。

それでもシーラは不満そうだ。そこに一押しとばかりにクエナが元気いっぱいなポーズでウィンクする。

「それにここ一か月ジードにSランク指定の森で鍛えてもらったのよ？　簡単には負けないわ」

実際に彼女たちは強くなっている。

俺がいなくとも戦いながら禁忌の森底で一週間は暮らせるくらいには。もちろん、それはこの森の魔物との戦い方に慣れたからでもある。

「なら私も行くわ！　それなら文句は言わない！」

シーラが、ふんすっと両手の拳を顔の前で握り締めて言う。

こうなったら止められないことは俺でも知っている。

「シーラがいてくれるなら頼もしいわ」

「ふへへ、随分と素直じゃないの」

褒められたことが嬉しかったのか、シーラが晴れやかに破顔する。

「まぁ変人だけど力はたしかだし」

「変人は失礼よ！」

「本当のことでしょー」

「むーっ！」

仲良さ気に二人が言い合う。

まぁ、こいつらなら大丈夫だろう。

元から戦場を渡り歩いていた強者だ。それがさらに強くなったとなれば彼女たちに敵うやつなど滅多にいないはずだ。

俺が出会ってきた中では、だが。

「じゃあここは解散だな。特訓も終わりでいいだろう」

「えー、ジードはいいの？　もう私の作るご飯が食べられなくとも」

「……それはちょっとイヤだが、露店のおっちゃんの串肉を食べたい気持ちもある」

「なぬっ!?　私の料理って露店のクオリティーなの!?」

「いやいや、露店は俺にとって高級品と変わらないから。値段とかじゃなくて味が良いんだ」

比べる対象が露店ということでシーラが衝撃を受けたようだ。

だが、俺にとってみれば脂の乗りすぎている肉は歯応えがないし、腹を下す。

露店がちょうどいいのだ。

「なんか納得いかないわ！　帰ってきたらクエナの家に来るのよ！　そしたら私の真の手料理を食べさせてあげるんだから！」

「はいはい、楽しみにしてるよ」

ビシィッと指さしてくるシーラ。

そんな会話をしながら、俺たちは禁忌の森底から外に出た。

第三話　依頼の遂行

スティルビーツ王国。

小国ながら経済や軍事は安定しており資源も豊富で、なおかつ学問が盛んな場所だ。

この国を統べる王族は優秀な者が多い。

学問の都であるエルフ・イズタの学舎で次席を取った王女に、冒険者ギルドで数少ないAランクに若くして至った王子など、秀才を多く輩出している。

そんな国が隣接しているウェイラ帝国に狙われるのは必然だったのかもしれない。

宣戦布告は国境の小さないざこざだ。

だが、それはウェイラ帝国の常とう手段。それを大ごとにして吸収合併ないしは主導権の簒奪(さんだつ)までが既定路線である。

この危機を逃れるためにスティルビーツ王国は国庫を空にして防御面に重きを置いた。

各同盟国、そしてウェイラ帝国に敵対的な国からの増援、さらに冒険者ギルドや傭兵団(ようへいだん)にも多くの金銭を積んで援軍派遣を要請した。

クエナとシーラは依頼を受けてスティルビーツ王国に来ていた。

金銭が目的であるかは、さておき。

「おっ、良い姉ちゃんがいるじゃねーか！　やっぱ戦前は娼婦だよなぁ！」

「ははっ！　スティルビーツ王国も気前がいいな！　こんな最高級の別嬪を呼ぶなんて！

まだ昼だが早速楽しませてもらおうぜぇ！」

クエナとシーラに下衆極まる声が飛ぶ。

それは荒くれの傭兵団だった。

十を超す戦に慣れた集団が二人を囲む。しかし、二人は物怖じせず、むしろどうでも良さそうにしていた。

クエナとシーラが携帯している武器なんか目にも入っていないようだ。

あと一歩。傭兵たちが近づけば首が刎ねられていただろう。

「お、ジードの兄貴の彼女さんじゃないですか！　来てくれたんですね！」

そんな声がかかる。

クエナにとっては見慣れた顔がそこにはいた。金髪碧眼の正統派イケメン。

スティルビーツ王国の第一王子、ウィーグ・スティルビーツだ。

だが、真っ先に反応したのはシーラのほうだった。

「えー！　ねぇ、クエナ。どうしよう！　一発でジードの彼女だってバレちゃったよ！」

「え？　いや、僕はクエナ姉さんに……」

ウィーグが訂正しようにも既にシーラは『やっぱり噂されてるのかな！』『お似合いと

か言われちゃって！』と自分の世界に入り込んでいる。

そんな光景を見て傭兵たちがわなわなと震えている。

「ジ、ジードってあのSランクの……？」

「くそが！　美人だからって毎度毎度クソ適当に声掛けするなって言ったろうが！」

「よく見ろよ！　たまに見かけるAランクのクエナさんじゃねえか……！　俺は知らねーぞ！」

さっきまでの威勢は消えて、一人また一人と立ち去っていく。

最後には誰も残らなかった。

「あ、あれですね。やっぱりジードの兄貴は来てくれないんですね」

ウィーグが、シーラや傭兵たちを見て『どんな状況だ……？』と思いながら言う。

それにクエナが『あれ、こいつキャラ変わった？』と思いながら返した。

「当たり前でしょ。仮にもSランクなんだから簡単に依頼をほいほい受けるはずがないじゃない。それにユイとは同じパーティーなんだし。……あと、彼女ではないから」

「え！　うそだー！　めちゃくちゃ噂になってますよ。ジードの兄貴は色んな女性を侍らせてるって。フィルさんやユイさんも宿に押しかけてたし、ソリアさんはめちゃくちゃ色んな人の前でジードの兄貴を絶賛してますから噂立ってるし」

クエナやシーラは言わずもがな、といった感じで他の人たちを紹介する。

ぴくんっとシーラが反応した。

「『……本妻は』」

「え？」

背筋を凍らせる突然の冷たい魔力にウィーグが頬を引きつらせる。

さっきまで自分の世界に入り込んでいたシーラが顔を暗くさせていた。

「『本妻は私よ！』」

「ひぇぇっ！　は、はいっ！」

シーラの名状し難い迫力にAランクのウィーグが戦慄する。

格の違いが如実に現れていた。

「ちょっと、抑えなさい。ここで無駄に解放するんじゃないの」

「だってぇ！」

「は、はは。ジードの兄貴は人気者ですね。僕も久しぶりに会いたかったですけど残念です」

本心では一緒に戦ってくれれば精神的にも戦力的にも助かるのだが。

そんなウィーグの心中を察したクエナがもう一度言った。

「あれを呼びたければ指名依頼することね。それと色々しがらみを外すこと」

「まぁ、そうですよね……」

当然、ギルド側にウェイラ帝国との仲を取り持つための金銭、つまり賄賂の分を差し引かれるから多額になる。

ウィーグもそれが分かっていてため息しか吐けなかった。

一方その頃。

クゼーラ王国の王都。

「あんた本当にSランクだったんだな！　滅多にニュース見ない俺でも最近よく記事で見かけるよ！」

よくジードが串肉を購入する男が笑いながら言う。

傍らで肉の入った麻袋をジードが担いでいた。

「逆に今まで信じてなかったのかよ」

「当たり前だろ？　こんな雑用みたいな依頼でも受けてくれるんだからな！　Fランクでも冒険者は魔物討伐ばかりやってるってのに！」

ぬっはっは！　と男がジードの背中を叩く。

Sランクだと分かっても図太い態度が取れるのは偏にこの男の胆力だろう。

「依頼受理書とか渡されんだろ？　そこにハッキリと依頼を受理したやつの名前とランクが書いてあるだろうに」

「んなもん見ねえよ！　あれか？　薬の説明書とかも読むタイプか？　おまえさん！」

「そもそも薬なんて飲んだことないわ」

「ははは！　さすがSランクだな！　もしも飲む機会があったらさすがに読んでおけよ！」

「あんた説明書は読まないいんじゃないのかよ……」

ジードが麻袋を露店の近くに置く。

今回の依頼は肉の運搬という単純なものでランクもFと一番低い。

「……なぁ、折り入って頼みがある」

ふと、男が表情を戻して真剣な顔になる。

さっきまでとのギャップにジードは少しだけ気を引き締めた。

「なんだよ？」

「ジードのあんちゃんは時間あるか？」

「暇かってことか？　まぁ、有り余ってる低ランクの依頼を処理するくらいには。直近で指名依頼も緊急依頼もないしな。遠征に行こうとも思ってない」

「なら個人的な頼みを聞いてくれないか？」

「個人的な？」

妙な言い様に違和感を覚えながらもジードは続きを促した。

男はジードの運んできた生肉のエキスで染みができた麻袋を開きながら、どこか自虐的な笑みを浮かべる。

「俺はこんな風に食材を仕入れて肉を焼くしか能がない男だ」

「そんなことねえよ。うめえ肉だ」

「はは、ありがとうよ。けどな、俺の息子はもっとスゲーんだ」

「あんた息子いたのかよ」

「いるさ。妻だっている。向かいの花屋だ」

ジードはギョッとして振り返った。

今は店を閉めているが、向かいの花屋は綺麗な女性が毎日いい笑顔で花壇の手入れをしている。それが肉屋の妻だというのだ。

「あの綺麗な姉さんが？……おまえ、頭がおかしくなる呪いの魔法にでもかかってんじゃないよな？」

「馬鹿野郎、正気に決まってんだろ！　話を聞けや！」

「分かった、分かった。んで、どうしたってんだ？」

「俺の息子は若いながらも国外に呼ばれて研究やらをしている。学者ってやつだ」

「ほー。花屋の姉さんの血かな」

「てめぇぶっ飛ばすぞ？　Sランクだろうと命かけてぶっ飛ばすぞ！」

「すまんって。そんで？」

特に悪気もなさそうにしながらジードが問う。

神妙な雰囲気で男が続ける。

「俺の息子は今も国外にいるんだ。その国ってのが……スティルビーツ王国」

「ちょうど戦争真っただ中じゃないか」

そこまで聞いてジードは勘付く。

男が次に言おうとしていることも。

「俺の息子はスゲーがバカだ。戦争で避難勧告を受けても部屋から出ずに研究しているかもしれねえ。連絡が取れないんだ」

「そこでおまえの血を受け継いでいたのか……」

「徹底的にバカにするのな！　俺がSランクだって敬ってないからか!?」

「逆だ、逆。俺はおまえのことを親友のように思ってるんだ」

ジードは『うんうん』と頷きながら言う。

歳の差は二倍はある。父親と息子のようなもの。

それでもジードが親しい人は限りがある。それも同性となれば指で数える必要すらない。

どこか嬉しそうに、どこか複雑そうにしながら『本当かよ……』なんて思いながら、肉屋の男が話を戻す。

「おまえさえ良ければスティルビーツ王国に行って、もしもあのバカが逃げてなかったら連れ戻してくれないか？　なんとか金の工面はする。一生かけたっていい！　だから……！」

「うーん。それは厳しいかもな。ギルド側の都合で俺がウェイラ帝国と揉めたら面倒になる」

「なっ……。じゃあどうすればいい？　他に良い当てないか？　嫁も今回の件でふさぎ込んじまって……」

「だから店を閉じてんのか」

依頼を受けられないと分かっていながらも、ジードの気分はよろしくなかった。

男の串肉にはお世話になっている。少しは協力してやりたいという気持ちがジードの内心に芽生えていた。

「……あ」

ジードが、ふと思い当たる。

「な、なんだ？　なにか案でもあるか!?」

「ああ。『俺』が行ってないことにすればいい」

「……？　よ、よく分からねえが頼めるのか!?」

「俺に任せとけ。その息子の顔写真とスティルビーツ王国のどこに住んでいるのか情報まとめといてくれ。俺はちょっくら宿に戻る」

　思い付きではあるが、ジードとしても男を見捨てられなかった。

　その言葉に露店の男も一縷の望みに縋る思いだった。

「あ、それと依頼ってことにしてくれねえと叱られるから、ギルドに依頼を出しておけよ。報酬は毎日串肉十本無料な！」

「そ、そんなんでいいのか⁉」

◇

　ウェイラ帝国、帝国軍の天幕の一角。

　そこには第一軍から第五軍までの将校クラスが長机を囲って座り集まっていた。

「やれやれ、たかがスティルビーツなんて小国を相手に俺まで呼び出されなきゃいかんのかね」

　後ろ頭を押さえながら雑な座り方をしている隻眼白髪のイケメンが愚痴気味に呟く。

「ルイナ様が不在だからと調子に乗るなよ、フォンヴ」

　そんなイケメンを睨みながら窘めているのは黒髪青目の厳つい中年――イラツ・アイバフ。

フォンヴは第一軍、軍長。

そしてイラツは第二軍、軍長。

どちらも帝国の軍部ではトップの位階にある。

「いやいや、ルイナ様がいても同じこと言ってたっつーの。おっさんのとこだけで十分だったろうに」

「スティルビーツは小国だが安定した国家だ。今回の戦に相当な金銭を費やしている情報もある。油断はするな」

「はいはーい。まったく、どこぞのザコがヘマをしたせいで、こっちまでルイナ様の信頼がガタ落ちだ。なぁ〜、えーと。ゴミだっけ？　名前」

フォンヴが後ろを見る。

彼の背後には第一軍、副軍長——バシナ・エイラックが立っていた。

かつてはSランクであり、第0軍の軍長でもあった男だ。

バシナはフォンヴを射殺すような目で見た。

「……ふざけるのも大概にしろ」

「ふざけてねーっつうの。元Sランクだかドラゴン殺しだか知らねえけど過剰評価されすぎてたんだよ。本来なら俺のケツ拭き役が丁度良いってのになんで副軍長なんてやらせねえといけねーんだか」

フォンヴが不満を連ねる。

場の空気を悪くすることもお構いなしだ。

このままでは殺し合いが起こってもおかしくない。そんな中で会議室の扉が開かれる。

入ってきた人物を確認すると全員が立ち上がった。

「みな集まっているか。ご苦労」

ウェイラ帝国女帝、ルイナだ。

軽く手を挙げて着席を促しながら、自身も唯一の空席に座る。

ルイナの背後に付き添っている女性を見てフォンヴが不満そうに言う。

「てめーもいんのかよ、ユイ」

第0軍、新軍長のユイ。

フォンヴの言葉にユイは反応すら示さない。

それによりフォンヴの怒りが更にかき立てられる。

「ルイナ様、なんで俺が第0軍の軍長じゃないんですか？　いきなりユイを抜擢（ばってき）するなんておかしくないですか？」

「忙（せわ）しなく上が交代したら下はパニックだろう。それに実力的にも管理能力的にも問題ないと判断した」

「そう判断した人事の結果、俺の後ろのやつが降格してますが？」

若干の嘲笑を交ぜながらフォンヴがバシナを見た。——会議室が凍る。

軍長、副軍長の面々がフォンヴに対して敵意をむき出しにしていた。

「いい加減にしろ。ルイナ様に向かって口の利き方がなってないな」

イラツが腹の底から警戒心を呼び起こすような迫力ある低い声でフォンヴに言う。それは最後通告だ。

もしも背くようなことがあれば命の奪い合いが始まる。

「いいさ、私は気にしていない。不満が出るのは当たり前のことだ。だからこうして大々的な戦争も起こして手柄を立てるチャンスをつくってやったのさ。スティルビーツが傭兵団やギルドから人を集めているのは諸君なら聞いているだろう」

各軍長クラスは独自の情報源を持っている。

基礎的な情報は誰しもが押さえており、一様にルイナの言葉に頷く。

「その他にも諸外国の連合が組まれるという話が出てきた。帝国傘下の国が反旗を翻すなんて噂まである。肥大化していく我ら帝国を見過ごせないということだろう。特にクゼーラ王国の弱体化や神聖共和国の度重なる悲運によって目立ってしまったからな」

ルイナの話に、誰しもが既に知っていたような反応を取る。

彼らの姿を満足気に眺めながらルイナが続ける。

「各地に駐屯している軍にも通達してあるが、諸君らにも改めて言おう。——近いうちに人族を統一する」

ルイナの目がギラリと光る。

彼女自身には武の面でいう『力』はない。しかし、武勇のある者でも圧倒するほどのカリスマ性や覇気があった。

会議室にいる誰もが鳥肌を立たせて震える。

先ほどまで口を尖らせていたフォンヴでさえ笑みを深めていた。

実際にウェイラ帝国にはそれを成し得る軍事力が備わっている。各方面と対等以上に戦う力がある。

スティルビーツは踏み台の一つに過ぎない――。

ふと、フォンヴが尋ねる。

「そういえば、このカスを一発で潰したっていうジート？　ジーラ？　とかいう男はどうなったんです？　ユイが引き抜くために動いてるって話じゃ？」

「報告は受けているがダメそうだな。私としてもイチオシの人材だが帝国に来るつもりはないようだ」

「へー。なら、今回のスティルビーツ戦で来るかもしれないんですかね」

フォンヴが疑問を呈した。

彼は一個人でも破格の実力を持つ。本能的な感覚も鋭い。慢心はするが油断することはない。

「いや、それはないだろう。ユイとぶつけることを良しとしないはずだ、あの女狐は」

ルイナが思い浮かべるのはギルドマスターのリフ。

「はっ。そうなんすねー。ボコしてやろうと思ったのに残念っすわ」

ポリポリと頭を掻きながらフォンヴが言った。

◇

都の壁の内部ではウィーグが声を上げて騎士や兵士などの士気を高めていた。

その一方で壁の上には兵士のほかに二人の女性がいた。

「来たわね」

クエナが遠方を見ながら言う。

隣にいるシーラが目を細めながら頷いた。

「すごい数ね〜。幾つも要塞があったはずなのに全然削れていないように見えるくらい」

フルフォー都はスティルビーツ王国の中枢だ。両端を山に囲まれていて、交通路は一本の大道しか存在しない。

だからこそ幾重ものトラップや要塞もあったが、悉く蹂躙されたようだ。

ウェイラ帝国の軍隊は高い士気のまま、フルフォー都にまで向かってきている。

最前列に立つのは——ユイ。

旗にはウェイラ帝国の赤を基調とした王冠の国旗と、第0軍を示す黒色がベースで『0』の白い文字が刺繍された軍旗があった。

「初っ端から大物がお出ましね！」

「後ろには第一軍の青い旗と第二軍の黄色の旗もあるわ。戦う前から言うのもなんだけど、これは本当に負け戦ね」

クエナが剣を抜く。炎々と燃え盛る赤色の刀身が露出する。

同様にシーラも純黒の剣を抜いた。形態的な変化はないが身震いさせる冷たい魔力が周囲に漂う。

「『私たちが勝ち戦にしましょ』」

「……ふふ。そうね」

◇

戦線は膠着した。戦える土地は一本の大道という限られた場所しかなく、ウェイラ帝国は数で押すことができない。山岳部には幾重もの罠が仕掛けられていたり、あるいは伏兵も潜んでおり帝国軍は翻弄されていた。

平地の一本道は外壁から放たれる魔法や弓矢により死体の山が築かれており、進もうにも足止めをしようとする兵士たちで溢(あふ)れかえっている。

だが、ウェイラ帝国もこれくらいは想定内。

邪魔になる死体は——まだ息があったとしても——風や水の魔法で前方に吹き飛ばして敵の魔法や矢を防ぐ盾代わりにしている。

「『——あんたらの国やばすぎない？』」

そんな戦況にドン引きした様子でシーラが眼前の敵に言う。

口調は軽やかだが剣の柄を適正に握って一ミリも油断はない。

「……」

「『返事くらいしてほしいものね』」

ピタリ、とユイが止まる。

お？　と反応するシーラだったが地面から黒い影が作り出される。影はナイフになったり槍(やり)になったり形を変えて地面から生える。それら武器は勢いそのままシーラに向かった。

四方を影の武器で囲まれたシーラは剣で応戦するが数が多い。

さらに一手。ユイが迫る。手に持った小刀がシーラの首筋に走りトドメを刺す——寸前のところで燃え盛る剣が止めに入る。

「『な、なんか私、毎回クエナに助けられてる気がするんだけど！』」

「そう思うのならもっと鍛錬しなさい」

「『むーっ！　してるもん！』」

シーラが不服そうに頰を膨らませる。

実際に実力は付いている。

ウェイラ帝国の策の一つとしてユイという強大な個の力を以て前線を押し上げる、という考えがあった。シンプルではあるが膠着した戦線を少しずつ押し進めることが可能だ。

そのユイを、たった二人で抑え込んでいる。それこそが二人の実力を証明している。

「……あなたたち」

「『お？』」

ユイがぼそりと言う。

「ジードと一緒にいた宿の人たち？」

「そうよ。私たちのことを覚えていたの」

「うん。あの時は弱いと思ってたけど強くなってる。ジードに鍛えてもらってたから？」

「『なぜそのことを!?』」

シーラが仰天する。

彼女の中では秘密の特訓だったからだ。

しかし、ユイは実際に禁忌の森底にいて彼女たちを見ている。知っているのも当然のことだったが、魔力という不可視の力を扱った特訓の詳細までは把握できなかった。

「今のあなたたちは厄介。ジードに嫌われて引き抜き任務に支障が出るかもしれないけど――消えて？」

言いながら後ろへ下がる。そしてユイ自身の影が爆発的に増殖する。影の『ユイ』が無数に現れてすべてが複合されていく。

次第に肥大化していく影は大地を黒く塗りつぶした。

「『な、なに⁉』」

影は人の形をしたまま地面から――起き上がる。

ドラゴンの巨軀を優に超す巨体が太陽すら遮った。雲と同等の目線からゴミ粒を見下ろす。

「影の巨人」

見せかけでは決してない。

ただならぬ威圧感と尋常ではない魔力が巨人の全身を包んでいた。

自分たちを見下ろす巨影を誰もが啞然と眺める。

「ルイナ様に英雄になれって言われた。だからこれくらい派手なのがいいよね――」

うっすらと、無の表情を湛えるユイの口角が上がった。

遠くの天幕でこの光景を見ている総大将のルイナは冷や汗を流しながら、それでも不敵に微笑んだ。

「……おまえはやりすぎてしまう傾向があるな、本当に」

英雄と呼ばれる存在は必ず人の心に残るもの。

敵味方区別なく畏怖せざるを得ないユイの魔法は誰しも忘れることができないだろう。

ここからが肝心だ。もしもここで負けてしまえば見せかけだけ。

ただし勝てば味方からは称賛され、異形の魔法は神のように崇められる。

「――叩き潰す」

影の巨人が片膝をついて手を開く。それは地面にいる虫けらを気軽に殺そうとする子どものようで。

ヒュゴオオ！　と風を切りながらフルフォー都の前線を担っている軍に手が迫る。たしかな質量をもっているそれを見れば、誰もが蜘蛛の子を散らすように逃げていく。

しかし、手のひらの下敷きになるであろうシーラとクエナは周囲の様子を物ともせず微動だにしなかった。

「どっちがやる？」

「『じゃ、私が！――――厄貫』」

言い、影の手に向かってシーラが剣を振るう。すると剣が斬った空間に複数の黒点が生まれて勢いよく放射された。進むに連れて黒点は大きくなっていく。

その黒点が巨人の手に幾つもの穴を開ける。しかし、痛そうにする素振りもなく巨人の穴は自然治癒する。それも一瞬で。

「『ええー！　なんで！』」

攻撃に自信のあったシーラが気にも留めない巨人の様子に驚く。

――巨人の手が地面に突く。

重々しい地鳴りと共に土ぼこりが舞う。

それはルイナやフルフォー都にまで届いた。

逃げ切った兵士はいた。だが、クエナとシーラは手のひらに収まった――。

「――炎神舞踏（えんじんぶとう）」

クエナの声と共に炎の斬撃が放たれ巨人の手が宙を舞う。

大火力が一帯を包み込んだ。その中心には炎を纏（まと）うクエナがいた。

「『なんか私クエナに良いとこばかり取られる……』」

「取ろうと思って取ってるんじゃないわよ。そもそも戦闘に良いところなんて――って。

そんなこと言ってる場合じゃないわよ」

斬り落としたはずの巨人の手が再生した。

今度は両手を空に掲げている。

「まだ慣れない。けど、今度はもっと早く行く」

ユイが冷淡に告げる。

あの衝撃が今度は二度も来る。次は敵味方関係なく風圧で吹き飛ぶ。戦場に立つすべての者が理解して、今度は誰もが影の巨人(アルティエゴ)に対して背を向けた。クエナとシーラを除いて。

「次はしっかりやりなさい。私はユイのほうに行くわよ」

「『はーい。今度は手助けなんかいらないからね！』」

「……本当に大丈夫なのかしら」

クエナが不安そうに言う。

それでもこれ以上の手助けは不要だと言い切ったのだ。クエナは自分の相手であるユイを見据える。

ユイは泰然自若と立っていた。

「その余裕が仇(あだ)になるわよ」

クエナが両手で剣を掲げて一気に振り下ろした。

剣に纏っていた炎が地面を伝ってユイに真っすぐ伸びていく。

だが、巨人とは別の影がユイの眼前に壁を作って炎を防ぐ。――瞬間。

ユイに四方から烈火が襲う。

真っすぐに伸びた炎が花開くように燃え盛ったのだ。

影の壁が四方を囲むようにしてユイを守る。

ギンッという高い音を伴って影の壁に赤い刀身が刺さる。

「蒸し焼きにしようと思ったけど、やっぱり丸焼きにするわ」

クエナの言葉と共に刀身から灼熱(しゃくねつ)の炎が生み出される。

一気に壁の中が高温に包まれる。

数瞬してクエナが壁から剣を抜く。炎が止(や)むと壁も消えた。——ユイの死体はない。

「なっ、どこに……！」

「おわり」

「ッ！」

クエナの首筋に短刀がかかる。

ユイはいつの間にか背後に現れていた。

死
クエナの脳裏にそんな文字が過る。

どうやって背後に回られたのか理解することもできないまま——。

「『あぶないっ！』」

間一髪のところでシーラがユイの短刀を撥ねのける。

見れば、巨人の身体(からだ)には幾つもの穴が空いていた。

シーラがドヤ顔でクエナを見る。『どうだ、私が助けてやったのだぞっ』と言わんばかりに。

しかし、クエナは命が助かったと理解した瞬間にユイへ斬りかかる。正しく臨機応変な判断だ。が。

ユイが消える。

それは比喩でなく姿がそっくりそのままなくなった。

一面を見渡す。いない。

すると突然、巨人の影からユイが現れる。

「……そういう仕掛けね」

クエナの得心が行く。さっき、壁の中からどうして急に消えることができ、急に背後に現れたのか。

ユイは影の間を自在に移動することができるのだ。

使い手は稀(まれ)であるが、似た系統の魔法ならクエナも聞いたことがあった。

「シーラ。少しだけ時間を稼いで」

「『合点!』」

クエナに言われてシーラが純黒の剣を持ち直す。今まで一緒に戦ってきた経験からクエナの策に理解が及んだ。

クエナが剣を掲げる。剣先から小さな炎の球が浮かび上がる。それは次第に巨大化していく。

二倍、三倍、四倍……着実に大きくなる。しかし、それは緩慢であった。

当然ユイにとっては狙い目だった。

だが、シーラが構えている。

「『しばらく相手になってあげる』」

「……！」

ユイの目つきが変わる。

穴ぼこになった影の巨人（アルティエゴ）が霧散すると同時にユイがシーラに迫る。砂ぼこりが一秒遅れて舞うほどの速度で。

互いの間合いに入る。

「死ね」

「『うそっ！』」

ユイの斬撃が複数に分裂する。最初は残像かと思ったが違う。

そのまま『分裂』しているのだ。

ユイの影が手の付け根から複数生えている。

だが、シーラは急所を狙ったものに限定して撥ねのける。多少の傷は負ってしまうが仕方ない。すべてを返せるほどの力量は持ち合わせていない。

（けど――ジードの特訓がなければ死んでた！）

ユイの攻撃速度や即座の判断能力に対応するだけの力。魔力運用の技術も高まりすべての能力値が桁違いに上がっている。

実力がついている実感がある。

楽しくて、斬り合う。

たまにユイの攻撃で背後から影の刀が迫ったり、あるいはクエナに攻撃を加えようとする。

しかし、それらを純黒の剣が届かせない。

絶対に壊れない。かつ自分に魔力を与えてくれる。――邪剣。

（ありがとね、邪剣さん）

（あなたの悪い癖よ。戦闘中はなにも考えない！）

シーラは頭の中で邪剣と会話する方法を身に付けていた。

さらに言えば邪剣は戦闘経験が豊富だった。

ジードとは別に、シーラは邪剣からも戦闘訓練を受けていたのだ――。

それでも。

ユイとの単騎決闘は厳しいものがあった。

傷は広まり増えていき、身体の可動領域が狭まる。スタミナでも差があった。

まだ実力は埋まり切っていない。

（くぅ……！　邪剣さん、こうなったら――！）

（いいえ、大丈夫。後ろを見て）

（……！）

邪剣に言われるがままユイの攻撃をいなして後ろを見る。

――クエナの剣先に巨大な炎が乗っていた。

それはユイの巨人と同等とも言える大きさだ。

戦闘に集中しすぎていたため気が付かなかったが、シーラの背は焼けるような熱さに堪えていた。

辺り一帯も陽炎（かげろう）が支配している。

「――待たせたわね、シーラ」

「『待たせすぎよ。あとは頼んだわ、相棒っ』」

「ええ、まだ扱い切れないから時間がかかるけど、ようやく準備できたわ。喰（く）らいなさい――炎炎ノ大玉（エンディバー）！」

巨大な炎の塊がウェイラ帝国軍に肉薄する。

本来なら、ユイはこんな泥仕合をする前に撤退する。それが彼女の強さであり判断力でありたい性質だった。

だが、彼女に与えられた任務は『英雄格』になることである。

ここで退く真似はできない。

「……ぁぁあぁ！　影の巨人！」

再び、巨人が現れる。

今度はユイも多量の魔力を使い、クエナの炎炎ノ大玉を受け止める。

それらは互いにぶつかり合った――。

「はぁ……はぁ……！」

「ふぅ……はぁ……」

クエナとユイ。

双方の息が乱れている。

どちらも疲弊しきった様子だ。

シーラも満身創痍で戦える状態ではない。

「『むぅ……！』」

「はは、これでも倒せないか。正真正銘の化け物ね」

三人は自分の技術に自信がある。

だからこそ認め合える。ここまで戦い合えたことに。

そして、クエナやシーラにとっては雲の上の存在とも呼べる怪童相手にここまで斬り結べたことが喜ばしかった。

だが、反してユイは——。

「強い。けど負けられない。私は負けられな——……！」

「いいや、もう十分よ」

「っ!?」

ユイの背後から声が掛かる。

それはルイナだった。

女帝自ら戦場に立った。周囲には第一軍のフォンヴも立っていた。

「わ、私はまだやれます……！」

「責めているわけじゃない、あなたの実力は理解している。今回はスティルビーツに勝つだけで実績になるから、これだけ存在感を見せつければ十分よ」

「……！」

クエナの言葉にユイも引き下がる。

しかし、ユイとしては不満があった。彼女はもっとやれると思っていたからだ。それこそ都の外壁すらも壊して制圧するまで——。

それはユイ率いる第0軍だけで可能なことだった。

「──そんな不貞腐れた顔をするな。今回はイレギュラーがあっただけだ。次回以降に期待しているよ」

「……はい」

『不貞腐れた顔』とは言ってもユイの顔に大した変化はない。

無表情そのものだ。

だが、そんな機微にさえ気づける。こうした技術も大国を統べる女帝ルイナの力の一つだった。

そしてルイナが、クエナとシーラを見た。

「強いな」

簡潔な一言だ。

クエナがビクリと身を震わせる。意表を突かれて目を見開く。

姉からの褒め言葉を生まれて初めて受けたからだ。いつか必ず、絶対に耳にしてやると息巻いていた言葉だ。

それが戦場で唐突に発せられ、思わぬ反応をしてしまった。

褒められても平然としよう、とか、今まで過小評価された分だけバカにしてやろうとか、そんなことを考えていたが、いきなりのことでクエナはなにも反応できなかった。

「成長した……うん、本当に成長したね。あの時は全然見込みがないなんて言われていたみたいだけど、やっぱりクエナは強い。信じていたよ」

「……っ！」

ただ褒めるだけじゃない。

クエナが抱いていた劣等感を突いて揺らすように褒める。

時間にして数秒。たったそれだけでクエナの心がルイナに溶ける。

それは見返したいと思っていた時間の長さの分だけ濃厚に。

「――戻ってきなさい、ウェイラ帝国に。姉妹で一緒に帝国を強くしましょう」

（……――ああ、もうだめだ）

クエナの頬に涙が伝う。

堪えていた涙腺が決壊した。今までの努力が報われた。

ひたすらに喜びが湧き上がってくる。

でも、どこか。

心の奥底には喜びとは違う感情があった。

それがなにか――。

「金髪の子もウェイラ帝国に来なさい。うんっと良い待遇で迎えてあげよう」

「『遠慮するわ。クエナにとってはどうか知らないけど、私はジードがいるギルドがいいから』」

「ジード？」

思わぬ人名にルイナが片方の眉を眉間に寄らせる。

クエナもジードの名を聞いて、その感情が刺激された。

「ああ……」とクエナが微笑む。

感情の正体が分かった。

「私も……まだ認められたい人がいるの。ジードってやつなんだけどね。そいつからは同情なんかじゃない、正式なパーティーのメンバーとして実力で認められたい。だからそのお誘いはお断りするわ」

「――おいおいおい、てめぇら断っても良いのかよ？」

ルイナの傍らにいたフォンヴが指を鳴らしながらニヤける。

明らかな戦闘態勢だった。

「『クエナ……！』」

「ええ。そろそろ撤退を――ッ！」

これ以上の戦闘は極力避ける。

そういう意味で二人が逃げを選ぶ。

しかし、フォンヴが迫った。

「――逃がすと思ってんのか」

足蹴り。

ただそれだけ。

だが、剣で受け止めたシーラの腕が嫌な音を立てる。

地面から身体が離れて吹き飛ぶが背後に硬く厚い土壁ができて余計にダメージが増える。

作った者は当然フォンヴだ。それだけの余力がある者はこの場において彼しかいない。

「シーラっ！」

「はは！　抵抗してみろよ。第0軍の軍長をこんなにもボロボロにした実力を俺にも見せてくれよ！」

「くっ……！」

クエナが二戦目を覚悟して剣の炎を激しく燃やす。

だが、その二戦目は撤退戦だ。

なんとかシーラだけでも逃がす時間を稼ぐために。

「随分と逃げ腰だな。こんなやつに負けんなよ、0軍長様よぉ」

必死なクエナの様子を楽しみながら、ユイを軽視することも忘れない。

この場にルイナがいるからフォンヴもハッキリと態度に出す。口うるさい第二軍の軍長もいない。

「なぁ。カリスマパーティーだとか、元Sランクだとか……くだらねえ称号で買い被りすぎなんじゃないですか？　俺みたいな下っ端から這い上がってきた兵士には目もくれねえんですか？」

「……第一軍の軍長では不服か？　破格の待遇を与えていると思うがな」

ルイナが手を後ろに回した。

「異存あるのは待遇じゃねえんだよ！　俺の上にいるやつだ！　見ろよ！　先陣を任されたのに名もねえメス二匹にやられてんじゃねえかよ！　こいつは本当に俺より上の第0軍の軍長に相応しいのか？　あぁ!?」

フォンヴの口調が荒ぶる。今まで溜めていた不平不満を爆発させるように。

「そこの二人は強い。だからこそ私も痛み分けでも文句はない」

「そこが問題ありなんだよ！　なら俺はどうだ!?　こいつら二人をやれるだけの力がある！　ユイだって秒で殺してやれる！　そんな俺がどうして第0軍の長になっていない!?」

「なら今度、ユイと戦う機会をやる」

ルイナとしては、あまり軍長の交代は望ましくなかった。

指揮系統の乱れや情報の引き継ぎ等、面倒が生じるからである。

しかし、当然ウェイラ帝国は実力や成果や実績を重視する。歴然とした力の差があれば交代には異議なく応じる。

だからこそフォンヴが第0軍に上がれていないのは、実力を証明できていないからで

――。

「ユイと戦う機会をやる？……ふ。ふはは！　違う、違うよ、ルイナ」

「なにが言いたい？」

「俺とユイの間の実力すら見抜けないおまえも――俺の『上』には相応しくねえってことだ」

フォンヴの歪んだ笑みが浮かんだ。

「つまり？　ウェイラ帝国から去ると？」

「はは！　その結論は意味が分からねえな。簡単だよ、てめぇを喰って俺が帝王になる」

フォンヴがギラリと瞳を輝かせる。

それは下剋上を企む者の目だ。

だが、ルイナは至って平然としていた。

「私を喰って？　ふ、私を殺したところで貴様は他の軍長に処刑されるぞ」

「いいや、そんなことは起こらない」

「なに？」

「実はこんな便利な物を見つけちまったんだよなぁ？」

フォンヴがポケットからなにやら取り出す。

しかし、それはルイナから見ても実体を摑めない。それほどに細い。辛うじてフォンヴの持ち方を見て円形のなにかとは把握でき——推測した。

「……まさか」

「そのまさか、だよ。これは奴隷の首輪だ。しかもクゼーラ王国のいざこざの際に作られた特注品だよ」

　フォンヴが指で首輪を回す。

　子供が新しい玩具を手に入れたと自慢げにひけらかすように。

　だが、ルイナが否定する。

「ありえないな。そのアイテムを探すためにどれだけの人材と金を費やしたと思っている。クゼーラ王国の新上層部や依頼を受けたギルドの連中が全力で消して回っていたんだぞ」

「くっくっく……そうだな。多分、もうこの世にはこれ一個しか残っちゃいねえだろう。製作図や製作関係者は豚小屋にぶち込まれているか既にこの世にはない。だからこそ俺はラッキーなんだ。本当にただの幸運だ」

　だが、とフォンヴが続ける。

「そのラッキーで十分だ。女神が言ってるんだよ。俺にこの世を統べろって！　だからその第一段階としてオメエを利用する。この首輪でな」

「自信家だとは思っていたが、ここまで傲慢だとはな。奴隷になった私の状態に気づかないマヌケが果たして軍長や副軍長クラスに何人いるかな？」

　ルイナの読みは正しい。

　実際にルイナには及ばないにせよ、多少の違和感も見逃さない強者ばかりの世界だ。

「いいや、甘いな。気づいてるぜ？　てめぇは後ろ手で軍長を召集していると。今までの会話も時間稼ぎだろ？」

　そこまで読んだ上で。

　フォンヴが笑みを深める。

「だが残念だったな。他の軍長は俺の部下が足止め中だ。さらに言えば裏切りそうなやつも買収してある。第三軍の軍長と第五軍の副軍長はもう俺の配下だ。この混乱に乗じて他にも買収されてるやつがいるかもなぁ？」

「参ったな、お手上げだ。よく頭が回る」

「ははは っ！　降参はさせねぇよ。この首輪をおまえにかけて終いだ」

　じゃり、っとフォンヴがルイナに向かう。

　寸前。

　ルイナとフォンヴの間にユイが立つ。

「ルイナ様、お逃げください。今の私では時間稼ぎが関の山」

「時間稼ぎにもなんねぇよ！」

「ぐぷっ……！」

ユイの腹部に足技。

吐しゃ物をまき散らしそうになるが堪える。意地でもルシーラのように地面から足を離さないのは鍛えた肉体や魔力操作の賜物か。

イナが逃げる時間を稼ごうとしている。

「フォンヴ、待て。ユイに手を出さないほうが良い」

「あ？　どういうことだよ」

「ユイはウェイラ帝国の将校でもあるが、ギルドの冒険者としても登録されている。しかもSランクという希少な人材だ。万が一のことがあればギルド側も相応の対処をすることだろう」

「はっ。だからって、ギルドは生死が当たり前の世界だ」

「だがな、ユイが入っているパーティーにはソリアやフィル、そしてジードといった面々もいる。ギルド側はこのパーティーには特に目をかけて……」

「うるせぇよ。ギルドがどうした、あんな烏合の衆なんて関係ねえ。パーティーを組んでいようが名前だけのゴミ集団だ。どうせユイのように使えないカス共が――」

――ふと、気が付けば、その男はフォンヴの傍らに立っていた。

気配すら感じず、声すら出さず。

思いがけぬ事態にフォンヴの口も止まっていた。

白い仮面をかぶっている黒髪の男。仮面はヒビ割れているところを接着剤で不器用に直した跡がある。

肩にはメガネをかけた青年をおぶっていた。

青年は本を読みながらブツブツと呟(つぶや)いている。耳を傾けてみれば、

「つまり魔法倫理学においての洗脳とは魔力がその性質を変えて魔法とは異なる原理となる魔法素と呼ばれる魔力より更に細かいものが粒状になり脊髄――――」

その口は止まることを知らない。

こんな状況を意にも介さないように。

しかし、問題は仮面の男のほうだ。

この場には明らかに意図的に現れた。

「て、てめぇは」

「カリスマパーティーが使えないカス共って言ったのはおまえか?」

「……は？　なにを言って」

「俺は全く知らないぞ？　でもあれだな、俺より強い人らの集まりだってのは聞いている。うん、だから俺がおまえを倒せばカリスマパーティーの人らが強いってことになるよな?」

なにやらワザとらしい物言いだが、フォンヴは前言撤回を求められている気がした。

しかも『おまえを倒せば』という辺りは今のフォンヴの神経を逆なでする発言だ。

フォンヴが額に血管を浮かべる。

「……！　上等じゃねぇか――――アブッ！」

なにをした、というわけではない。

ただ仮面の男が殴った。

本当にそれだけ。それだけなのだがフォンヴが地面にめり込んだ。

フォンヴの身体を中心に地面にクレーターができあがった。

「かっ……!?　な……ぁ？」

「おいおい、これだけでダウンか？」

倒れたフォンヴを仮面の男が膝を曲げて見下ろす。

「お、お……おまえ……なにもの……」

「通りすがりの仮面だ。てかこの程度とはな。そこでご主人様を守ってるユイのほうが断然、強いぞ。カリスマパーティーのメンバーを軽んじすぎだ」

「か、カリスマパー……？　だ、だれもそんな……」

「あ、やべ。パーティーとしか言ってなかったか。いや、うん、メンバーの名前を聞いたから分かったんだよ。カリスマパーティーって名は広まってるしな」

「……お、おま……え」

「それと、だからユイと互角に戦ったそこの二人も強いぞ。おまえが調子に乗っていい相手ではない」

「……ぅ………」

それ以上、フォンヴはなにも言わない。

というか言えなかった。

辛うじて保っていた意識がふつりと途絶えた。

「……あんた。ジード、なにやってんの」

状況の移り変わりが早すぎて未だに剣を構えたままのクエナが尋ねる。

もう仮面の男の正体には気が付いていた。

しかし、バレバレな演技を仮面の男――ジードは続ける。

「バッ！　ち、違う。私はジードではない！　仮面だ。この場にジードがいてはおかしいだろう。ウェイラ帝国と一戦交えたら彼の立場というものがな」

「そんな内部の事情を知ってるのは限られてるでしょうが……。それに、そこの男を殴った時の魔力の纏い方はあんた以外できるやつ知らないわよ」

一か月の特訓でクエナの目も鍛えられた。

ジードほどではないが魔力の気配を感じ取ることができる。

そのため整然と幾重にも重なった美しい魔力の層を腕に纏っていたのも分かる。

そんな芸当ができるのはクエナの知る限りジードだけだ。

「ええい！　うるさい！　それよりも、そんなに無茶して戦ってどうする！　初・対・面だが、親切心で言うが逃げる場面は見極めたほうが良いぞ！」

「……ええ、そのとおりね。ごめんなさい。やっぱり私はまだ未熟だわ」

ふぅ、っと息を吐いてクエナが言う。

弱火になった剣を鞘に戻す。疲労もあるが、どこか物足りなさも感じているような顔つきだった。

仮面の男がその様子を見て、少し間を空けて言う。

「でも、まぁ。良かったじゃないか。強くなっている。実感はあるだろう」

「まぁね。おかげさまで」

「だ、誰のおかげかな……！　まぁいい。私も帰るとする」

「まぁ待つんだ、ジード君」

ジードが帰還しようとすると呼び止められた。

相手はルイナだ。

関わってはいけない第一級の人間に名前で呼ばれる。

ジードは久しぶりに嫌な脂汗を感じた。

「だ、誰かなあ。ジードって、俺分かんないから帰っちゃおうーっと！」

「冗談だ。ここでは仮面クンと呼んだほうが良いか。いやいや、助かったよ。危うく奴隷の首輪でこの私が取るに足らん下郎に屈服するところだった」

　恩に着るといわんばかりの柔和な笑みでルイナが言う。今までの戦況を見てきた誰もが、その光景を見れば心の底からの感謝であると疑わないだろう。

　しかし、ジードは違った。

「はは、ご冗談を」

「……なぜそう思うんだね？」

「近づいてきている軍隊。そして、あんたの軍服に隠してある幾つものマジックアイテム。たとえ俺がいなくとも、この男の策略程度じゃ屈しなかっただろう」

　ジードの答え合わせは百点満点だった。

　頷くルイナは隠そうともせず言う。

「うん、さすがだ。そのとおり。フォンヴの怪しい動きは既に察知していた。そして、私はユイと共にこの場を転移のマジックアイテムで去ることもできた」

　ルイナが裾から赤く光る小指の第一関節ほどしかない丸石を取り出す。これでね、と言わんばかりに。

　抜け目がないとジードは心の内で評する。

「ちなみに私が後ろの手で呼んでいたのは既にこの戦場にいる第二軍や第三軍ではなく、仮面クンが察しているとおり、外から新たに集結しつつある第六軍から第十軍までだ」

「徹底しているな。裏切りには容赦ないと」

「この戦場はユイのデビュー戦であり、裏切りのリスクがある者の掃討戦でもある。この私が負ける？　ありえない。そんなことは絶対にありえないんだよ」

「謀略が好きなんだな」

「ああ。しかし、好きなのは謀ることではない。人の上に立つことだ」

それは自分の固い意志を示しているようで。

ルイナがグッと握りこぶしを作ってジードに突き出す。

「さて、どうする？　ここには帝国から更なる軍隊が集まっている。どうせギルドの依頼を受けて戦争に交ざりに来たのだろう？」

「ん？　いや、俺は」

「いくら仮面クンとはいえウェイラ帝国の第0軍から第十軍までを相手取ることはできないだろう。当然、逃がさない。――改めて言おう、ウェイラ帝国に来い」

「興味ないってば」

「いいや、おまえは来るべきだ。なぜなら――近いうちにギルドはなくなるのだからな」

ルイナが不敵に笑いながら言う。

その堂々とした表情に嘘(うそ)はないように見受けられた。

だからこそジードの目つきも変わる。

「……なに？」

「はは！……ゾクリとしたぞ。さすがだな、この私でも」

「ギルドがなくなるってのはどういうことだ」

ルイナの談笑なんて耳にもせず、遮ってジードは問う。

「……簡単だ。人族はウェイラ帝国により統一される。そのためにはこうして小国に戦力を派遣するギルドは目障りだ。だからこそ、消えてもらう」

ウェイラ帝国は著名な傭兵団は組織ごと引き入れている。

結果的に戦力の増強に繋がっている上に敵性勢力を消している。

だが、ギルドは個人単位で人材を引き抜けても、組織単位での買収はできない。

ギルドはあくまでも中立を表明している。さらにオープンなギルドの気風に惹かれてか各地から良質な人材が続々と集まってくる。

これ以上は野放しにできない。

だから、消す。

いちいち戦争の度に依頼を出して、金を出して、味方に引き入れる、なんてまどろっこしい真似はしない。無駄な消費だ。

だから、潰す。

単純明快だ。

しかし。

それを明かすには目の前の男がギルドに抱く思いを軽んじすぎていた。

ジードが肩に背負っていた青年を下ろす。

「──なら、ここでおまえら潰しとかないとな」

「もう正体を隠す気もないか。やれやれ、困ったな」

ルイナは平然と言いながらも額から汗が止まらない。

その威圧感は。

ただその場にいるだけで地鳴りがするようで。

近くにいる者は何倍も体重が増えたような、腹から心臓にかけて射殺されるような倦怠感を覚えた。

集まり始めた帝国軍の面々もそれを感じ取り、本能的に逃げ出す兵士もいた。

「ジ、ジード……あんた」

「しゃーなし、おまえらは転移で帰してやる。あとは俺が始末をつけるさ」

「『そんな！　ダメよ！　相手はウェイラ帝国の軍団規模よ!?』」

咳き込みながらもシーラが土壁から這い出てジードを止める。

クエナもシーラと同意見の様子だった。

「さすがに見過ごせない。フォンヴを殴ったのだってカリスマパーティーっていうギルドの面子（メンツ）を守るためなんだ。そのギルドが直接危害を加えられようってんじゃ、傍観者を決め込むわけにはいかない」

諭すような優し気な声だ。
さっきまでの威圧的なオーラは二人の前では潜めている。

「なら、私も戦うわよ」

「『私も！　ジードと一緒に戦いたいの！』」

「バカ。そんな状態じゃ戦うどころか立ってることすらキツいだろ。無理するな」

「でも、それじゃあ……！」

クエナが食って掛かる。

事実、二人の体力は限界に近い。クエナは魔力が枯渇ギリギリで、シーラは傷による出血とダメージが大きい。

「安心しろ。こんなところで俺は負けない」

「……そんなに私たちは頼りない？　あなたのパーティーの一員として役に立たないの……？」

クエナが捨て猫のような目で、涙を堪（こら）えながら言う。

小動物をイジメているような気持ちになり、ジードは居た堪（たま）れなくなって頬を軽く掻（か）く。

「いや、そんなことはない。おまえたちは十分にやった。逆だよ、同じパーティーメンバーだからこそ後のことは任せてくれって言ってるんだ」

ジードの言葉に、クエナは納得がいかなかった。

まるでそれは説得のために用意されたセリフに感じたのだ。

それを察してジードは続ける。

「分からないか？　俺はおまえたちをパーティーメンバーだと思ってる。頼りがいのある仲間だってな。だからコレは俺が対処する。また次の依頼を一緒に遂行するためにな」

「……！」

「『ジード……！』」

同じパーティーメンバーとして認められている。

それはクエナやシーラにとって痛いほど嬉しいことだった。

「よし、じゃあ先に帰還してろ」

ジードが二人の肩に手を置いて『転移』と口にする。

クエナやシーラは物言いたげだが、ジードに認められた嬉しさが滲み出ている。

「待ってるから」

「『料理作っているからね！』」

二人が思い思いの言葉を伝えて、ジードはクゼーラ王国の王都にまで転移させた。メガネの青年も露店の男のもとに飛ばした。

そして、ジードは改めてルイナに顔を向ける。

警戒したユイがジードに剣を向けていた。

「本当に戦うつもりのようだな」

「当たり前だろ。念のために聞いておくが、ウェイラ帝国は軍ってやつを幾つ持ってるんだ？　今のところ十までは出てきたが」

「知る必要はないと思うが？」

「なぜ？」

「なぜって……」

純粋なジードの声音にルイナが戸惑う。

しかし、あえて答えることにした。

「十五だよ。つまり帝国の総軍のおよそ三分の二がここに集まってきているわけだ」

「大所帯だな」

「ああ。そこで寝転がっているフォンヴがもっと裏切り者をあぶり出してくれると踏んでいたからね。結果的に大した苦労もなく制圧し終えてしまったわけだが」

「そうみたいだな」

ジードの探知魔法は第0軍から第十軍までの着陣を捉えていた。

左右の山々はそれぞれの軍団を示す数字の刻まれた軍旗と、ウェイラ帝国軍を示す国旗で一面を埋め尽くされていた。

一本道は地平線まで人がいる。

「さぁ、これが今からおまえが相手にする敵の数だ」

ルイナが両手を広げて威圧的に言う。背後に展開する無数の兵。まさしくすべてを支配する帝王だ。

しかし、ジードは気にもしない様子で片手を伸ばした。

「こいつらを倒した後五つも軍団を相手にしないといけないなんて面倒だよ」

「……これだけの数を見てそこまで大層なことを言えるとは」

「まぁ、ひとまず」

ジードが親指と人差し指を合わせる。

「相手するヤツくらい選ばせてもらうぞ」

「は。一対一をご所望か？　戦争にそんな甘さは――」

ルイナの言葉と同時にジードが指を鳴らした。

パチンッと軽快な音が響く。

山で反響したのもある。だが、異様なほどに長く耳に残る。

不意にルイナが心臓を握られたような、ギュッと左胸を押さえつけられる痛みを覚えた。

「ぐうっ……！」

思わずルイナが左胸を押さえる。

一瞬でも油断すれば意識が飛ぶ。そんな瞬間が十秒ほど続く。

「なにを……した」

ルイナが顔をあげる。

ただ無機質な仮面が辺りを見回していた。

「意外と残ったな」

「!?」

思わずルイナも一帯を見た。

山にいた軍勢、自分の背後にいた軍勢。

それらが掲げていた国旗や軍旗の数が明らかに減少している。半分以上だ。

「……なにを！」

「ルイナ様、魔力……」

眼前に立つユイがボソリと呟いた。

それは説明をしようとしている様子で、ルイナは目を合わせることで続きを促した。

「兵士の魔力を自分の魔力で干渉して剝離。……それにより倒れた兵士、魔力の枯渇」

「そ、それはどういう……？　つまり、人の持つ魔力を消し飛ばしたというのか？　特殊な魔法ではなく純然たる自らの魔力をぶつけて……!?」

さすがのルイナも理解ができない。類似する魔法であれば幾つか想像がつく。しかし、たかが魔力操作でそこまでの芸当を成し得る生物をルイナは知らない。

そんな会話をしているうちに遠方から数人が飛んでくる。

「この化け物がッ！」

第二軍軍長イラツ。彼の後ろには副軍長。

他の方向からも軍長、副軍長クラスが襲い掛かる。

「遅いな」

だが、ジードはそれらを簡単にいなす。

襲い掛かった半分が地面に倒れ伏せたとき、ルイナが口を開く。

「待て！　もういい！」

その声には焦燥があった。

ピタリと動きが止む。

「今回は引き上げる。これ以上の負傷者を出すな」

「しかし……！」

第二軍長イラツが反論を口にしようとする。

だが、その言葉の続きが出ない。

仮面の化け物を倒す方法が思い浮かばないのだ。

自然と頭が垂れる。

だが、問題はそこじゃなかった。

「誰が引き上げて良いって言った？」

ジードは冷淡に告げた。

「まぁ、見逃してはくれないか」

「当たり前だろ。ギルドを潰すって言ったんだ。見逃す理由がどこにある？」

立場が一転する。

ルイナがジードに向き直る。

「ギルドはただの仲介組織のはずだ。そこまで肩入れしてどうする？」

「ああ、そうだな。黙って見ていたほうが賢いんだろう。だが、ギルドは俺を救ってくれた組織でもある。義理立てするのは不思議じゃないだろ」

「ジードのことはよく知っている。旧王国騎士団の労働環境が酷く、ギルドに拾われたと。だが、それがなんだ？　奪える人材を奪った。それだけのことだ。ギルドはおまえを救ったのではない。利用するために拾っただけだ」

生き残りたいがために言っているのではない。

それはルイナの本心だ。

つまり彼女はジードを勧誘していた。

組織として正しい行為だ。

「ああ、分かっているよ。それが真実なんだろう。……でもな、それまで俺は一度も人に恩ってものを感じたことがなかったんだよ」

「……恩を？」

「魔物に追われて死にかけて、騎士団にこき使われて壊れかけて……俺はなんのために生きているんだって思った時期もあった。ギルドが初めてだったんだ、俺を人として扱ってくれたのは。だから俺の一方的な想いだとしても返したいんだよ」

それもジードの本心だった。

人として、それは正しい行為であるとも言える。

ジードの真っ直ぐな言葉にルイナが笑みを浮かべた。

「ふっ。神都で出会った時からつくづく思うよ。……おまえを誰よりも早く、最初に見つけたのが私であったら、と」

ルイナがジードに歩み寄る。

その行動に敵意はない。

いよいよ互いに触れられる距離にまで近づき、ルイナがジードの仮面を下半分だけ覗かせた。

不意にルイナが顔を近寄せて——唇を合わせた。キスだ。

「！！！！？？？」

『！！！！！！？？？？』

その光景を見ていた一帯の人々が息を呑む。

風が大地を撫でる音しか耳に届かない。

人との触れ合いに疎いジードからすれば永遠に感じられる時間。それはルイナが離したことにより動き出した。

「——今回の裏切りで空いた席は幾つもある。だが、おまえにはそれら全部を合わせても足りない。だから帝王の座を用意しよう」

「……帝王？」

ジードは未だに動揺で頭が回らない。

だが、とりあえずルイナの言葉を飲み込んでオウム返しする。

「ああ、帝国を統べる王だ。当然、隣は私のものだが望むならいくらでも妾を作っていい。ギルドから離れて私と来い」

「……」

仮面を付けているジードの表情は誰にも読めない。

無言が場を占める。

「ふふ、すぐに決めろとは言わん。また改めて返事を聞こう」

ルイナが言いながら踵(きびす)を返す。

しかし、そんな簡単にはぐらかされるほどジードも愚かではない。

「まっ、待て。ギルドは――」

「――ああ、前言撤回だ。ギルドも潰しはしない。だからここは見逃せ。ジードも未来の嫁と国を失いたくはないだろう?」

ルイナが不敵に笑う。

その策士っぷりにジードも反応に困った。というより、未だにキスの衝撃から立ち直れていなかった。

それから、ボロボロの帝国軍は不動のジードに警戒しながらも撤退を開始した。

◇

「おい、あんた！　仮面の！」

戦場で呆然(ぼうぜん)としていた俺に声がかけられる。

ふと振り返ると見覚えのある顔がいた。

「……スリッパ」

「なんで履物の名前が出るんですか。ウィーグですよ、ウィーグ。っていうか、その声やっぱりジードの兄貴じゃないですか！　あれだけの活躍……！　やっぱりすごかったです！」

「いや……俺はジードじゃない」

「あっ、そうでしたね。ユイさんとは同じパーティーなんで公にはできないんですよね」

ウィーグが申し訳なさそうに言う。

以前と雰囲気が変わったような……それに随分と気が回るな。

しかし、認めるわけにはいかないので頷き（うなずき）も肯定もしない。

「でも、どうして来てくれたんですか？　こんな圧倒的に不利な状況で……いや、ジードの兄貴のおかげで一気に戦力差がひっくり返りましたけど。まさかあそこまでの強さだとは想像できませんでしたよ！」

「……ん。理由なんてない」

「またまたぁ。国を救ってくださったんですから報酬はなんなりと！　国の宝物庫は戦争で空になっちゃいましたが……必ず払いますから！」

「いや、本当に大丈夫だから」

報酬なんて興味ない。

さっさと帰ることが最優先だ。長居して正体が発覚するような状況だけは避けたい。いや、もうかなりの人から察せられていたようだが。

　俺の演技はそこまで下手だったろうか……。

「あ、物じゃないんですね！　ならなんですか？　資源が発掘できる土地とかですか？　は……！　それとも僕の妹のアイシア……!?　い、いくらジードの兄貴でもダメですよ！」

「なにを勘違いしているんだ、おまえは」

「たしかに城でジードの兄貴の姿を見ている時は乙女のそれで『素敵……』とか呟いてましたが兄である僕がそれは許しません！」

「違うってば。……もう帰るぞ」

「い、妹じゃないとすれば…………僕!?　ば、バカな！　でもそうとしか考えられない！　同性結婚をして王座につき文化に寛容で自由な国を目指そうとでもいうんですかーーーーー！！！」

　妄想癖があるらしいウィーグは放っておく。

　転移、と口にして視界が明転した。

第四話　キスの余波

過ちを告白するため、ギルドマスター室に足を運んだ。しかも、仲の良いおっさんの手助けをするためにウェイラ帝国を追い返してしまった。演技が下手すぎて正体バレバレだったし……。

ロクに人と喋ったことすらないのに、無理して嘘なんかつくんじゃなかった。

「――と、いうわけなんだ。変なマネをして、すまない」

「別に良いぞ。どうしてそんなに重々しい態度なんじゃ？」

「え、良いの？」

あっさりとリフが言う。

むしろ『なんでそんな反省しているんじゃ？』と怪訝そうだ。

「イタズラにギルドの看板を背負ってウェイラ帝国と対立したのならば処罰も考えよう。しかし、お主は依頼という正当な目的があった」

「いや、俺が戦場に交ざったのは」

「クエナやシーラを救うためじゃろう？　それにカリスマパーティーの一員であるユイを助けるため。じゃな？」

「ああ。だから依頼ではないんだが」

「同胞を救おうとした者をどうして責められようか。そもそも、依頼を果たす過程で起きたことなのじゃからなんとでも言える。気にするな」

「……すまん」

「じゃが、一つだけ。なにかあれば相談せい。わらわやギルドは敵でない。特にお主はSランクであり、重要なパーティーに所属しておる。なにかあれば融通するし、手を貸す」

リフが不敵に笑ってのける。

この幼女、頼もしすぎる……!

「しかし、予想通り仮面の男はジードであったか」

「ん？　どういうことだ？」

どうやらリフの耳にはスティルビーツでの話が聞こえていたらしい。つい先程の出来事であるにも拘わらず耳聡い。

なにやら事情を知っていそうだ。

「女帝が『帝王』を選んだと既に話題になっておるぞ。帝国軍の第0軍から第十軍まで退けた怪物だとも」

「えっ。ニュースになってるのか？」

慌てて冒険者カードを確認する。

　しかし、リフが首を横に振って否定した。

「あの戦場で記録を取る余裕のある者なんぞおらんよ。あくまでも噂話程度じゃ」

「なるほどな」

「くふふ、わらわも帝王なんて地位を用意されれば引き抜かれてもしょうがない。……今日は他にも用事があるのじゃろう？」

　なにか悟っているような様子でリフが言う。

　他にも用事……？

　おそらく前の言葉で『引き抜かれる』とあるから、俺がウェイラ帝国に行くとでも思っているのだろうか。

「いや、俺はギルドにいるが？」

「……む？　しかし、あのウェイラ帝国の帝王じゃぞ？　傘下の国々が怪しい動きをしているとは言え、あそこは未だに別格の国力を持っておる」

「知ってるよ、色々と学んでいるからな」

　依頼を受けていない時はギルドの図書館に行ったりもしている。ただ暇を持て余しているだけじゃない。

「それでも行かんと？」

「俺からすればギルドは居心地が良いからな。気が変わらないうちは籍を置かせてもらうよ」

「くふふ、おかしなやつじゃ。帝国が引き抜こうとした人材は皆去っていったというのに」

「ああ、そういや色々と引き抜かれてたな」

「そうじゃな。だからお主が愛おしく感じる」

大きな瞳でリフが俺を見る。

なんか気恥ずかしい。

「気が変わらないうちだからな。俺もそのうち引き抜かれるかもしれないぞ」

「引き抜かれないよう努力するのじゃ。それに、たった一度でも断ってくれたのが嬉しい。

それだけじゃよ」

「……そうかい」

リフが素直に感情を吐露している。

どこか初めて本心が垣間見えたような気がした。

「それはそうと。お主、大変じゃぞ？」

「なにがだ？」

いきなりの話題転換だ。

省略された諸々の言葉に思い当たることがなく首を傾げる。

「言ったろう、女帝とキスした現場を目撃された上に話が広がっておると。クエナにも情報が届いておる頃じゃろう。あやつには情報筋が複数あるからの」

「はは、そりゃ怖え……。俺このあとクエナの家に行ってシーラの作った飯を食べる予定なんだがな」

「大変そうじゃの」

リフがにやにやと毎度のことながら他人事(ひとごと)として笑う。

「面倒に巻き込まれる身にもなってくれよ……」

「そう言いながらも嫌ではないじゃろう」

「まぁ、そうだな。イヤではない」

リフの鋭い言葉に頷く。

好意を抱かれているということ。それに心が温まるような感覚になる。しかも、あんな美女と美少女だ。

誰がイヤになれるものか。

「ならば受け止めてやるのも男の責務というもの。頑張るのじゃ」

リフがビシッ！　と親指を立てる。

良いことを言っているようだが楽し気な幼女は、やはりどこか憎らしかった。

「ああ、それとな。カリスマパーティーに依頼がある」

「依頼？」

「うむ、今度はギルドからじゃ」

「ギルドから？　どういうことだ？」

「今までで著名なAランクパーティーやSランクパーティーまでもが失敗した——ギルド・エルフ支部からの依頼じゃ」

リフが依頼書を取り出しながら言った。

「ああ、それが依頼なら受けるよ」

俺はその依頼を自然に受け取る。

旧王国騎士団なら仕事は嫌々引き受けていたところだ。

それが今や楽しみになっている。ハッキリと好きだと言えるほどに。

王都の一等地にある赤い屋根の家。

扉をノックして中の住人を呼ぶ。

「はーい」

中から声が返ってくる。

扉が開かれるとクエナがこちらを見る。

ルイナとキスした件が伝わっているかもしれないと、一抹の不安が過る。

だが予想に反してクエナは笑顔で迎えてくれた。

「おかえり。もうシーラが料理作ったわよ」

「お……おう。怪我（けが）は大丈夫なのか？　今日は挨拶程度で済ませようと思ったんだが」

「なに言ってんの。あれくらいでダウンしてるようじゃ、あんたの特訓なんかに付き合えるわけないでしょ」

どうやらルイナの情報はクエナの耳に届いていないようだ。予想外の応対に少しだけ困惑しながらも、クエナに案内されて家に入る。

中には食欲そそる香りが漂っている。

清潔な玄関と廊下を通り、食卓のあるリビングに着く。

席は四つあるが皿は三枚だ。汁物が先に出されている。

先にシーラが座っていてニコニコとこちらを見ている。

「お疲れさま。ほら、食べよ？」

「おう。美味（おい）しそうだな」

クエナも予（あらかじ）め決まっていたように自分の席に着く。

定位置は誰にでもあるものだ。

俺も自然と空いた席に座る。

皿には白色のスープがある。

傍らにはホカホカのパンも置いてある。

ただ気になるのはクエナやシーラのスープだけ薄茶色のキノコスープということ。

「なんか俺のだけ違くない？」

「……じ、時間置いたからじゃないかな？」

シーラが目を泳がせながらピューと口笛を吹いている。

どうにも俺と視線を合わせない。

「あんたウソ下手くそね……スティルビーツ王国でのジードみたいよ」

「な、なんのことカナ？　ジードくんずっと宿にいたヨ……！」

「そ、そこまで大根役者じゃないわよ！」

「俺そんなに下手だった⁉」

「二人ともウソだって自分からバラしてるじゃないの……ちょっとマジメに心配になってくる」

クエナが額を押さえる。

それにしても……。

「俺のスープになに入ってんだよ？」

「うっ、それは……」

シーラが言葉に詰まる。

教えたくないようだ。

隣に座るクエナに問うよう視線を向ける。

「さぁー。あんたがルイナとキスしたって聞いてからメニューを変えたみたいよ？」

「えっ。知ってたの？」

「当たり前じゃない。謎の仮面がウェイラ帝国を撃退して、あまつさえ女帝からキスを受けて帝王の地位を約束された。これほど熱狂的な話題は稀ね」

「……おうっふ。やっぱりおまえの情報網はすごいな」

「Aランクならこれくらい当たり前よ。情報筋は幾つも持っているもの」

クエナが平然と言ってのける。

え、俺そんな情報筋とかないんだが。

「むぅぅぅぅぅぅぅ！　私だってジードとキスしたことないのに！　いいからスープ飲んで！」

「わ、分かったよ」

シーラにせがまれてスプーンを取り、スープをすくう。

感触や匂いは美味しそう。

まぁ……せっかく作ってくれたんだ。無駄にはしない。

スプーンを口元まで運んで飲む。

「ちょっと、私も中になにが入ってるのか知らないんだけど。なにが入ってるのよ？　まさか毒とかじゃないでしょうね」

「そんなわけないじゃない！……ちょっと考えたけど。それだったら私のスープも白色よ」

「か、考えたの!?　あんたのことヤバイなぁとは思ってたけど重症なんてもんじゃないわよ!?　しかも、それ無理心中じゃない！」

不穏当な会話が耳に入る。

味は美味しいのに怖い。

だが、

「うん。美味しいな」

「だ、大丈夫なの？　私はスープ飲みたくなくなったんだけど……」

クエナが不安そうに俺を見た。シーラとスープから距離を空けている。ドン引きしているようだ。

しかし、そんな彼女に反して俺は平気だった。

「身体(からだ)は異常なしだ。むしろ、もっと食べたいくらいだな」

パンも一緒に食べながら、スープを飲む。

戦闘からの空腹もあり、俺の皿はすぐに空となってしまった。

「むふふー、どう？　やっぱり露店よりも私の料理のほうが美味しいでしょ！」

シーラが満足そうに、自信満々に頷く。

渋々とクエナもスープを飲み始めた。すぐに顔は緩んで美味しそうに食べていく。

「ああ、本当ね。美味しい」

「そもそもクエナ側にはなにも入れてないんだから警戒しなくてもいいのに」

「……そんなことをあっさりと言ってのけるシーラが怖くて仕方ないのよ。はっきり言って異常者の一歩手前よ……」

「ちゃんと自制しているわよ。ジードには除くけど」

言いながらシーラが立ち上がった。

そして俺の隣に立ち、膝を曲げて俺の視界と合わせる。

長い睫毛が触れ合う距離にまで顔を近づけてきた。

「むふふ。ジードは私を好きで堪らなくなる！　ジードは私を好きで堪らなくなるっ！」

「……なにしてるの？」

「へっへっへ。ネタバレをすると、ジードのスープには催眠効果のある草を入れたの！」

「それ効果あるの？　大抵は胡散臭いデタラメばかりだけど」

「それが邪剣さんの時代からある薬草らしくて効果は抜群らしいのよ！　ここぞって時の

ために取ってきてたの！　隠された秘境にあったから大変だったんだけどねっ」

「って、ことは邪剣の入れ知恵ね……」

「そういうこと。さしずめおばあちゃんの知恵袋ね！」

『ちょっと。誰がおばあちゃんだって？』

そんな会話が聞こえる中で。

シーラが火照った顔で俺を見つめなおす。

「さぁ、ジードは堪え切れなくなって私を襲うっ。襲うーっ！」

元気いっぱいにシーラが言う。

しかし。

「……」

「…………」

「……」

「……――いや、別になんの効果もないぞ？」

『そんなバカな！　魔王にさえ効果のあったと言い伝えのある催眠草なのに！』

雰囲気や纏っている魔力が変わり、邪剣が乗り移ったシーラが驚きながら言う。

ただ俺やクエナはなんとなく分かっていたことだ。

「俺の身体は毒や異常を起こす物なんかは、ある程度は消化できるからな」

「予想できた展開ね。ジードという野生児を舐めたわね」

「そんなぁー……私の計画がパーだよぅ……」

「そもそも私の家でナニしようとしてたのよ……」

クエナが迷惑そうにしかめっ面で言う。

しかし、シーラも意見があるようで整った眉を吊り上げた。

「クエナはいいの!? お姉さんに先を越されたんだよ！」

「さ、先を越されたって……！」

クエナが顔を羞恥で染めながら俺を見た。

続いてシーラも俺のほうを向く。

「ジ、ジードは私やクエナのこと、どう思って……──！」

「失礼」

シーラの言葉を覆って、天井からぶら下がっているユイが声をかけてきた。黒髪が重力に沿って垂れ下がっている。

軍服に抑圧されながら自己主張の激しい胸も髪と同様に重力に従っている。

「ひぅっ！　ユ、ユイさん！　なんの用よ！」

シーラがビビりながらも威嚇する。

だが、ユイは全く気にせず俺の背後に下り立った。

「ジード。依頼」

「ああ、エルフのやつな。おまえも傷大丈夫なのかよ？　合流は先かと思っていたが」

「ん。魔力は微妙」

「それ以外は本調子ってことだな。もうちょっと喋れよ……」

エルフ支部からの依頼を一緒に受けるべく来たのだろう。

不法侵入だが意に介しない。さすがのマイペースぶりだ。

「むむむ……。スティルビーツでの続きをここでする!?　クエナ！　戦闘準備！」

「だから私の家でなにするつもりなのよ!?」

「ジード。はやく」

「むきー！　無視するとは言語道断！　お覚悟ー！」

「あー、もう！　ここ私の家だってば！」

「邪魔」

三人による戦いがまた始まる。

とりあえず俺はキッチンに寄ってスープのおかわりをもらっておいた。美味しい。

あとがき

どうも、寺王です。

二巻目をお手に取って頂き、ありがとうございます。


いや～。


今回も由夜先生の美麗なイラストが光ってますね！

大黒柱である担当編集様の細かな、しかし大事なポイントの修正のご指示には頭が下がります！

そして、訪れるコミック版の連載スタート……！　とても楽しみですね～！

実はコミック版、原作者の特権（？）確認（？）で先に拝読させていただきましたが、非常に面白かったです～！

第一話のストーリーはブラックな騎士団でのジードやシーラの、原作にはなかった更なる掘り下げ！　テンポなどの関係上、原作では省きましたが、とても説得力があり、読み応え抜群でした！
作画も迫力があって、とても面白かったです！
ぜひぜひ、皆様も一度、見てみてください～！
そして製本販売に携わって頂いた皆様も、誠にありがとうございました！
最後に、この本をお手に取って頂いた読者の皆様に、深い感謝を！

寺王

次巻予告
冒険者ギルドのエルフ支部が抱える高難度の依頼。
それはエルフの神樹にまつわる儀式の警護任務であった。
引き受けたジードは
カリスマパーティーのメンバーと
エルフの里へ向かう。
しかし依頼開始前にエルフ支部が何者かの襲撃に遭遇。
水面下でエルフ族の存亡にかかわる事態が進行しており……!?
【剣聖】【聖女】「第0軍軍長」――
最強メンバーとともにジードが依頼達成に挑む！
オーバーラップ文庫
ブラックな騎士団の奴隷がホワイトな冒険者ギルドに引き抜かれてSランクになりました
The Slave of the "Black Knights" is Recruited by the "White Adventurer's Guild" as a S Rank Adventurer
3
2021年初頭発売予定!

マンガ版も
超弩級!
ありがとう
団だ!!
また魔物を倒してくれた!!
この騎士団は

COMIC GARDO
ビギィィ
オォオ…。
壱式(いちしき)ー
ジ……
ジード……

作品のご感想、
ファンレターをお待ちしています

あて先
〒141-0031
東京都品川区西五反田 7-9-5 SGテラス 5階
オーバーラップ文庫編集部
「寺王」先生係／「由夜」先生係

ブラックな騎士団の奴隷がホワイトな冒険者ギルドに引き抜かれてSランクになりました 2

発　行　2020年9月25日　初版第一刷発行

著　者　寺王
発行者　永田勝治
発行所　株式会社オーバーラップ
〒141-0031　東京都品川区西五反田 7-9-5
校正・DTP　株式会社鷗来堂
印刷・製本　大日本印刷株式会社

Printed in Japan ISBN 978-4-86554-736-8 C0193

オーバーラップ　カスタマーサポート
電話：03-6219-0850 ／受付時間 10:00～18:00（土日祝日をのぞく）